KB169576

나는 35년차 간호사입니다

나는 35년차 간호사입니다

1판 1쇄 2023년 3월 15일
지은이 김혜정
기 획 손현욱
펴낸이 손정욱
마케팅 이충우
디자인 김윤희
펴낸곳 도서출판 답
출판등록 2010년 12월 8일 제 312-2010-000055호
전화 02) 324-8220
팩스 02) 6944-9077

이 도서의 국립중앙도서관 출판예정도서목록(CIP)은 서지정보 유통지원시스템
홈페이지(http://seoji.nl.go.kr)과 국가자료 종합목록 시스템(http://www.nl.go.kr/kolisnet)에서
이용하실 수 있습니다.

ISBN 979-11-87229-63-6 (03810)
값 15,000원

김혜정 지음

는
5년차
호사입니다

투르고 두려웠던 시작과
단하고 자랑스러운 간호사가 되기까지”

차례

2
수간호사의 시간

3

팀장 시절

4

간호사 후배에게

5

은퇴 후 시간

프롤로그

나는 34년 3개월간 다니던 병원을 정년 몇 년 남기고 명예 퇴직했다. 퇴직의 이유야 여러 가지가 있었지만, 나의 건강을 돌보기 위함이 첫 번째 이유였고, 오히려 퇴직 이후에 그동안 꿈꾸며 하고 싶었던 일을 하며 행복하게 지낸다.

언젠가는 꼭 하고 싶었던 학생들을 가르치는 일도 하고 있는데, 병원 취업이 확정됐거나 취업을 준비하는 간호학과 4학년 학생들을 만나다 보니 곧 그들에게 다가올 병원에서의 신입 간호사로서의 어려움이 눈에 보이는 것 같아 어떻게라도 그들에게 도움이 될 수 있는 위로의 말이나 격려를 하고 싶었다.

최근 간호사라는 직업이 직무 만족도가 낮고, '태움'으로 힘들며, 업무 경계가 불분명하여 이직률이 높다는 자료가 나올 때마다 너무도 안타까운 생각이 든다.

간호사는 그 누구보다 험한 일을 하며 체력 소모 또한 크다. 몸도 마음도 건강해야만 할 수 있는 일이다. 간호사는 아무나 할 수 있는 일이 절대 아니며, 아무도 우리를 대신할 수는 없다.

각자 자기가 하는 일에 의미를 부여하고, 마음이 흔들릴 때마다 처음 간호사가 되고자 마음먹었을 때를 떠올려 보면 좋겠다. 떨리는 순수한 마음으로 첫 환자를 대면했을 때를 기억해보았으면 한다.

직장인으로 간호사로 지내 온 이야기를 들으며, 후배들이 앞으로 멋지게 걷게 될 간호사라는 직업을 이해하는데, 조금이나마 도움이 되면 좋겠다는 마음으로 이 글을 쓴다.

간호사는 숭고한 직업임이 틀림이 없다.

1

신규 간호사 성장기

01
3교대 근무

간호대학을 졸업하고 취업을 하면서, 사전에 병원의 3교대 근무에 대해 알고는 있었지만 그다지 심각하게 생각하지는 않았다. 취업이라는 자체가 새로운 세상으로의 출발이어서 마음이 들뜨고 흥분될 뿐, 3교대 근무는 충분히 극복할 수 있는 것쯤으로 생각되었다.

첫 두세 달은 업무에 필요한 기본적인 내용을 배우고 지도받느라 *데이day 근무를 한다. 보통 데이 근무는 병원에 따라 다르겠지만 오전 7시 전후로 업무가 시작된다. 그러려면 새벽 5시엔 일어나서 준비하고 적어도 6시 전에 집에서 출발해야 한다. 내가 처음으로 근무했던 병원은 여의도였고 집은 강동구여서 아무리 차가 덜 붐비는 새벽이라도 대중교통으로는 대략 한 시간쯤 걸렸다.

병원에 출근하면 정신없이 하루가 흘러가고, 오후 3시 인수인계를 마친 후 퇴근 시간이 지나도 일을 마무리하지 못하는 신규 간호사들은 오후 5시가 넘어야 병원 문을 나설 수 있었다. 만원 버스에 몸을 맡기며 막히는 길을 돌고 돌아 집으로 오면 어느덧 오후 7시가 되고, 엄마가 해주시는 따뜻한 저녁을 먹고 나면 졸음이 밀려와 꾸벅꾸벅 졸다가 잠자리에 들었다. 어쩌다 잡힌 회식이나 친구와의 약속은 다음 날 근무에 부담이 많이 되어, 되도록 개인적인 약속은 비번 전날 잡았다.

업무가 어느 정도 익숙해질 때쯤이면 *이브닝evening 근무에 배치된다. 이브닝 근무는 데이 근무 때 수술이나 검사가 대부분 이루어지는 것과는 달리 수술이나 검사를 받고 병실로 돌아온 환자분께 그에 맞는 간호와 처치를 한다. 또한, 입원환자를 받고 그에 맞는 검사와 처치를 한다. 다음날 수술과 검사가 있는 분들의 준비도 해야 했다. 내가 근무했던 정형외과 병동은 수술을 위해 입원하는 분이 대부분이었다. 수술 전 준비 중의 하나인 수술환자의 피부 준비를 할 때 요즘은 제모 크림을 사용하나 예전에는 면도기를 이용하였다. 가끔 털이 길고 숱이 많은 환자분의 제모를 하려면 허리를 구부린 채로 땀을 뻘뻘 흘려가며 피부 준비를 하던 생각이 난다. 그러다 간혹 굴곡진 부위나 털이 많은 부위에 면도기를 좀 세게 움직여 피부를

베이게 할 때면 가슴이 철렁 내려앉고 쥐구멍에라도 들어가고 싶어진다. 의사보다 수술을 먼저(?) 했다며 질책이 쏟아진다. 수술 부위 감염 예방을 위해 하는 피부 준비가, 오히려 생긴 상처로 인해 감염을 유발할 수 있기에 질책은 당연하다.

수술 전 준비로 관장도 참 많이 했다. 글리세린 관장에서, 비눗물 관장 등 종류도 다양했다. 이런 것들이 꼭 필요했나 하는 생각이 드는데, 요즘은 수술 전 준비과정이 많이 개선되어 불필요한 것은 생략되거나 편리한 방법으로 바뀌었다고 하니 바람직한 현상이라 생각된다.

이후, 환자들이 편히 주무실 수 있도록 여러 조치를 한 후 인수인계를 마치고 나면, 오후 11시경이 된다. 부지런히 옷을 갈아입고 뛰어서 막차를 놓치지 않고 타고나면, 집까지 가는 길에 졸지 않으려 노력해도 긴장이 풀린 탓인지 깜빡 잠이 들어, 내려야 할 곳을 지나치는 경우가 빈번했다. 또 아주 가끔은 졸다가 종점까지 가서야 기사분의 내리라고 하는 큰 목소리에 깜짝 놀라 눈을 뜨게 되는 상황도 발생하는데, 이럴 땐 다시 집까지 돌아갈 방법이 없어 난감했다. 이미 버스는 끊겼고, 요즘이야 핸드폰을 이용해 택시를 부르면 되지만, 예전에는 택시도 잡기 어려워 무서움을 극복하며 서너 정거장을 뛰듯이 되돌아오기도 하였다. 언제부터인가 이런 나의 이야기를 들은 어머니께서, 이브닝 근무를 마치고 오는 시각쯤 정류장에 나와 버스에서 졸고 있는 나를 깨워 내리게 하고는 데리고 가셨다. 늦은 시간까지 잠도 못 주무시고 뒷바라지해주신 부모님께 뒤늦게나마 이 글을 통해 다시 한번 감사의 마음을 전한다.

이브닝 근무를 한 두 달 하고 나면 *나이트night 근무에 배치된다. '밤엔 환자들도 모두 잠을 잘 테니 설마 그리 바쁠까?' 생각했던 나는 바로 어리석은 생각이었다는 걸 깨닫게 되었다.

나이트 근무 때도 간식 먹을 시간조차 없이 입에서 단내가 나도록 뛰어다닌다. 밤에는 낮과 비교해서 3~4배의 환자를 담당해야 하기 때문이기도 하다. 먼저 인수인계를 받고는 환자의 상태를 살피며 병실 순회를 한다. 수액은 적절하게 들어가고 있는지, 통증을 호소하는 분은 없는지, 낙상 위험이 있는 분은 없는지, 환자들이 전부 침상에 있는지(간혹 자리를 이탈하여 안전사고의 위험이 생기는 분들을 파악하기 위함이다) 내일의 수술로 걱정되어 잠을 못 이루는 분은 없는지 등을 꼼꼼하게 살핀다. 그리곤 내일의 의사 처방을 확인하고 투약 카드를 정리한다. 중간중간 시간에 맞추어 들어가야 할 주사를 투약하고, 수액을 연결하고 병실 순회도 한다. 오늘 시행했던 환자들의 검사 결과를 확인하고 이상 수치를 *카덱스에 기록한다. 카덱스의 내용 중 지난 일정은 정리하고, 새로 인수인계하여 공유할 내용을 기록한다. 짬짬이 수술, 검사가 예정된 환자의 *전(前)처치 준비를 한다. 나이트 근무라 졸리지 않을까 걱정했는데 졸릴 시간이 없다. 병실 순회 중 복도 끝에서 마주하게 되는 새벽 여명의 아름다운 하늘을 보며 잠시 숨을 돌린다.

아침이 되기 전 환자의 활력 징후와 혈액검사, 환자들이 가지고 있는 각종 배액관의 배액량 측정, 섭취량과 배설량 측정 등으로 눈코 뜰 새 없이 바쁘다. 측정한 것들을 부지런히 기록하고, 새벽에 나간 혈액검사 결과를 확인하여 이상 소견이 있거나, 섭취량 배설량의 불균형이 심한 분들은 주치의에게 보고한다.

정형외과는 오전 6시 전후로 상처 *드레싱을 위해 레지던트가 병동에 온다. 지금 생각해도 왜 이렇게 이른 시간에 상처 드레싱을 해야 했나 의문이 생기지만, 밤사이 풀어지고 흐트러진 붕대를 회진하는 교수님이 보기 전에 말끔하게 해놓기 위함인지, 아니면 회진 시 교수에게 상처 부위 감염 여부를 보고하기 위함인지, 환자들은 잠도 덜 깬 상태로 상처의 차가운 소독을 견뎌낸다.

의사가 병동에 오면 드레싱 어시스트를 해야 해서 나의 시간은 없다. 그전에 카덱스에 환자 상태에 대해 인수인계할 내용을 정리해야 한다. 그래서 오전 6시 전에 업무를 마무리하려고 빠르게 움직여보는데 시간은 항상 너무도 순식간에 지나간다.

오전 7시 인수인계를 마치고 나머지 업무와 해결해야 할 것들을 정리하다 보면 오전 8시가 지난다. 옷을 갈아입고 병원을 나서면 비로소 온몸의 긴장이 풀리며 눈꺼풀이 무거워진다.

무거운 몸으로 버스에 올라 버스 안의 다른 이들을 둘러보면 모두가 생기발랄하며 화사하게 꾸미고 출근하고 있는데, 나는 표정 없는 누렇게 뜬 얼굴로 축 처져 있다가, 심지어는 꾸벅꾸벅 졸며 집으로 간다. 내가 꿈꾸었던 삶은 이런 게 아닌데…

잠깐의 꿈속에서 악몽에 시달린다. 밤을 새워 일한 탓인지 먹은 게 없는데도 배고프지 않고 식욕은 없지만, 뭐라도 먹어야 할 것 같아 억지로 이것저것 배를 채우곤 잠자리에 든다.

환한 대낮에 자려고 하니 커튼을 쳐도, 뒤척여도 쉽게 잠이 오질 않는다. 몸은 너무 피곤하고 정신은 멍한데 바로 잠들지 못한다. 그래도 잠을 자려고 애쓰며 뒤척이다 결국은 불편한 잠이 든다.

낮에 자는 수면의 질은 밤에 자는 것에 비해 너무도 떨어지고, 자고 일어나도 개운하지가 않다. 그러나 오늘도 또 출근해야 하니 잔 것 같지 않고, 개운하지 않아도 일어나야 한다. 날이 어두워지고 식구들이 한 명씩 집으로 돌아와 저녁을 먹고, 내일을 위해 침대에 몸을 누일 때, 난 다시 병원으로 출근할 준비를 한다. 출근길 버스 차창에 비친 내 모습이 처량하고 안쓰러울 때도 있지만, 이내 마음을 단단히 고쳐먹는다.

남들이 잘 때 일하는 사람들은 정말 대단하고 격려받아 마땅하다. 그런 의미에서 3교대 근무하는 간호사들 또한 격려받아야 한다. 요즘의 간호사 후배들이 들으면 놀랄 일이지만, 나는 한때, 나이트 근무를 15일씩 했다. 4일 근무 후, 하루를 쉬긴 했지만 거의 잠을 자느라 보냈으며 15일의 나이트 근무를 하고 나면 계절이 바뀌어 있었던 기억이 난다.

이렇게 한 바퀴 데이, 이브닝, 나이트의 근무를 하고 나면 <PRN 근무>라는 것을 하는데 이것은 정말 '죽음의 근무표'다. PRN 근무란 데이, 이브닝, 나이트 근무자가 비번일 때 메꾸어 주는 것으로서, 한 달에 세 가지 형태의 근무를 모두 해야 하는 근무이다. 이렇게 생체 리듬과는 전혀 무관하게 불규칙한 형태의 근무를 오래 하다 보면 몸이 점점 망가지는 것이 느껴진다. 생리불순을 경험하기도 하고 불면과 우울증으로 힘들어하기도 한다.

지금 생각해보면, 이 시기에 많은 신입 간호사들이 퇴사를 결심하는 것 같다. 실제로 1년 미만의 신입 간호사 중 40% 이상 퇴사를 한다는 통계를 보면, 그들에게 이 시기가 얼마나 중요한지 말해주는 결과이다.

요즘은 병원마다 다양한 근무 형태를 도입하며 나이트 근무와 PRN 근무를 전담으로 하는 간호사를 모집하여 운영하는 곳도 있다고 한다. 간호사들이 힘들어하는 3교대 근무를 개선하기 위해 다방면으로 노력하는 것 같아 조금은 위안이 된다.

언제부터인가 근로기준법이 바뀌어 임신이 확인된 간호사는 출산할 때까지 나이트 근무를 하지 않는다. 이 제도가 당사자에게는 유용하지만, 다른 한편으로 그 몫의 밤 근무를 나누어야 하는 다른 간호사들에게는 부담으로 다가온다. 그러나 결국은 모두가 그런 입장이 될 수 있으므로 바람직한 방향이라고 본다.

나는 만삭의 상태에서도 나이트 근무를 했다. 임신 초기에는 입덧으로 힘들었으며, 임신 말기에는 발이 심하게 부어 간호화를 신기도 힘들었고 빨리 걷는 것은 더더욱 힘들었다. 그러나 나이트 근무 중 해야 할 일이 집중된 새벽 시간이 되면 어디서 그런 힘이 나오는지, 환자의 침상 사이를 뛰어다니며 누워있는 보호자들의 침대를 밟고 환자의 활력 징후를 측정하고, 혹여 다른 환자나 보호자들이 깰까 봐 병실 불도 켜지 않은 채 손전등에 의지하여 혈액검사를 위해 피를 뽑고, 주사를 놓았다. 나는 너무 다급한데 불편한 침대에서 간신히 잠이 들었던 보호자들은 내 마음같이 바로바로 비켜주질 못한다.

근무를 마치고 퇴근할 때면 밤새 같이 깨어 있었을 뱃속의 아가에게 미안한 마음이 들지만, “그래. 너도 오늘 엄마랑 같이 고생했다.”라고 속삭이며 위로하였다.

요즘 학생 간호사들은 임상 실습에서 3교대를 경험하는 경우가 거의 없다고 한다. 데이 근무만 실습하며 그마저도 코로나 유행 이후엔 실습이 최소화되었다고 한다. 이 학생들이 졸업 후에 임상 현장에서 아무런 준비와 경험 없이 3교대를 시작하면서 마주하게 될 어려움이 눈에 훤히 보이는 것 같아 안타까운 마음이다.

신입 간호사들 모두에게 이런 상황을 잘 이겨낼 수 있는 지혜와 강인함을 주시길 청하는 기도를 드려본다.

*데이(Day) 근무 : 병원마다 차이가 있으나 간호사의 3교대 근무 중 오전 7시에서 오후 3시까지의 근무를 의미함.

*이브닝(Evening) 근무 : 간호사의 3교대 근무 중 오후 3시에서 오후 10시까지의 근무를 의미함.

*나이트(Night) 근무 : 간호사의 3교대 근무 중 오후 10시에서 오전 7시까지의 근무를 의미함.

*카덱스 : 간호사가 환자 인수인계를 위해 하는 전산 기록으로, 개인정보와 입원 시 진단명, 활동 수준과 식사, 활력 징후, 진단적 검사, 투약, 치료와 처치 과정, 간호계획 등이 기록됨.

*전처치 : 수술, 시술이나 검사 전에 해야 하는 준비를 말함.

*드레싱(dressing) : 약품이나 치료용 붕대를 이용한 상처의 치료.

02
계속된 배움

병원 생활에 적응하며 일 이년 근무하다 보면, 일이 익숙해져서 특별히 어려운 것은 없어지고, 퇴근 이후나 이브닝 근무 출근 전의 여가를 활용하여 무엇을 배워볼까 하는 생각이 든다.

나는 어린 시절 피아노를 배우지 못했다. 그래서 그런지 피아노를 칠 줄 아는 친구들이 너무 부러웠고, 멋진 곡을 연주하는 모습은 더없이 멋져 보였다. 그래서 나도 피아노를 배우기로 하고 학원을 알아보았다. 중간에 버스를 갈아타야 하는 구반포에 피아노 학원이 있어 용기를 내서 상담하고 등록을 했다.

그러나 현실은 내 생각처럼 낭만적이지 않았다. 최근 미국의 유명한 국제 피아노 콩쿠르에서 너무나도 멋진 곡을 연주한 피아니스트도 동네의 피아노 학원에 다녔다고 하는데, 나도 어린 친구들이 들고 다니는 피아노 가방에 기초 교본을 들고 이브닝 근무 출근 전 학원에 들러서 피아노 연습을 하였다. 학원의 옆방 연습실에서는 유치원 또는 초등학교 학생들이 나보다 완성도가 높은 곡을 연습하는 소리가 들린다. 나는 나의 연습실에서 '나는 언제나 저렇게 될는지' 부러워하며 기초 연습을 했다. 그러나 마음같이 손가락은 움직여주지 않고 뻣뻣하기만 하다. 언제쯤 멋진 음악을 처음부터 끝까지 연주할 수 있게 될까. 아주 기본적인 리듬의 연습만 반복하다 보니 재미있을 리가 없지. 기대했던 것만큼 흥미롭지가 않았다.

그렇게 몇 달을 기초만 연습하다가 갑자기 시어머님이 편찮으시게 되어 학원을 그만두었다. 그때 성급하게도 피아노부터 샀던 나는 이사할 때마다 피아노를 버리지 못하고 어렵게 끌고 다녀 지금도 서재에 떡하니 자리를 차지하며 놓여있다. 그 피아노 덕분인지 아들은 피아노를 배웠고 악보를 보고 연주를 할 수 있을 정도까지 되었다. 가끔은 덩그러니 놓여있는 서재의 피아노를 보며 다시 한번 피아노 치는 걸 도전해 봐야 하나 생각해본다. 최근 국내 피아니스트들의 피아노 연주 실황을 듣다 보면 나도 저렇게 되고 싶다는 마음이 지금도 생겨나는 건 왜일까?

반복되는 일상으로 지루하기도 하고 스트레스가 쌓여 어딘가 풀어야 할 곳을 찾던 시기, 집 근처 검도장에서 신입 단원을 모집한다는 광고를 보았다.

방송에서 보았던 검도에 대한 기억으로 검도복을 입은 사람들이 죽도를 휘두르며 소리치고 뛰어다니던 모습을 본 터라 '그래 바로 이거야. 살도 빼고 스트레스도 날려버릴 수 있는 일거양득의 운동이야.'라고 생각하며 등록을 했다. 이곳에서 같이 연습하게 된 친구들은 초등학교, 중학교에 다니는 남학생들이었다. 어린 남학생들 사이에서 도복을 입고 죽도를 들고 "머리~"를 외치며 죽도를 내리칠 때는 왠지 모를 쾌감이 들었다. 그 학생들 눈에는 이 아줌마가 참으로 이상하게 보였겠지. 그렇게 한동안 남학생들과 함께 검도를 배웠다.

'그래도 주부인데 집안을 가꿀 줄도 알고, 꽃꽂이도 멋지게 할 줄 알아야지' 하며 꽃꽂이 강습에도 참여하였다. 이름도 모르는 나뭇가지와 꽃을 한 아름 안고 집에 와서는, 오늘 배운 꽃꽂이를 열심히 다시 해보았지만, 가족들의 반응이 영 시큰둥하다.

'어 뭐지? 내가 생각했던 것은 이게 아닌데…' 하며 이내 흥미를 잃었다.

결혼하고 아이를 낳고는 나 자신을 위한 여가는 쓸 수가 없었다. 시간이 나면 친정집에 맡긴 아들을 보러 갔고, 이삼일 휴가라도 받으면 아들의 짐을 싸서 아이를 집으로 데리고 왔다가 휴가가 끝나는 날 다시 데려다주곤 하였다.

우는 아이를 카시트에 앉힌 후 달랠 겨를도 없이 운전하여 부모님 집에 도착한 후, 아들을 두고 혼자 집으로 돌아올 때면 나도 모르게 눈물이 주르륵 흘렀다. 이렇게 사는 게 맞는 건가 하는 생각이 머리를 꽉 채웠다. 그렇게 아들도 나도 조금씩 강하게 단련되어 졌다.

어느 시점이 되면 이러고 있는 내 모습이 한심해지며 대학원에 진학해야겠다는 마음을 갖게 된다. 간호사들은 그 어느 학과보다 학구열이 높아 다른 대학원에 비해 경쟁률이 치열하게 높다. 가고 싶다고 마음먹어도 바로 가기가 어렵고 한두 해 사전 준비를 해야 한다. 그렇게 어렵게 준비하여 대학원에 진학해서는 다른 분야에서 일하는 간호사 친구들도 만나고, 학부 시절에는 그토록 흥미 없어 했던 공부에 다시 흥미를 느껴가게 되었다.

대학을 졸업하면 시험은 이제 끝이라고 생각했던 내 생각이 틀렸다는 걸 알게 된 것은, 졸업하고 얼마 지나지 않아서였다.

그 이후로도 나는 수없이 많은 시험을 봤다.

03
사랑의 가르침

요즘은 '태움'이란 단어가 심심치 않게 언론을 통해 보도된다. 얼마 전에도 태움으로 추정되는 사건으로 간호사가 목숨을 끊는 안타까운 사고가 발생하였다. 아직 어린 간호사인데 스스로 생을 포기한 상황이 너무 마음 아프다.

태움이란 '영혼이 재가 될 때까지 태운다.'라는 뜻이 담긴 일종의 은어로, 선배 간호사가 신규 간호사를 가르치는 과정에서 괴롭힘이나 따돌림 등으로 길들이는 규율 문화를 말한다. 태움으로 불리는 따돌림이나 직장 내 괴롭힘은 반드시 근절되어야 할 악습임이 틀림없다.

어느 조직이나 규율이 있겠지만 특히 간호사들은 환자의 생명과 직결되는 업무를 하다 보니 선후배 사이에도 규율이 매우 엄격하기로 유명하고 한치의 봐줌이란 없다. 어떤 이들은 군대의 군기보다 엄하다는 이야기도 한다. 시간이 지나고 나니 그랬던 것이 이해되지만, 그 당시에는 까칠하게만 여겨졌던 선배들이 가끔 너무 야속하고 원망스럽기도 하였다.

병동 간호사 중에는 동기들도 있지만, 대부분의 동기는 같은 근무에 배치되지 않음으로 나는 항상 층층시하層層侍下 선배들과 근무를 하였다. 근무 중에 일어나는 온갖 궂은일을 내가 다 한다고 생각했는데, 선임간호사가 담당한 환자의 드레싱 어시스트를 하거나, 검사나 수술 등으로 환자를 침대에서 옮겨야 할 때면 먼저 달려가서 해야 했다. 항상 근무조의 막내 간호사들은 몸이(엉덩이가) 가벼워야 한다는 이야기를 많이 들었다. 그런 것이 부당하고 억울하다고 생각하기도 했었다. 가뜩이나 일도 서툴러 내가 담당한 환자 돌보기에도 시간이 빠듯한데 그런 일까지 하다 보니 항상 시간에 쫓기는 것 같았다.

그중에서도 기억나는 일 년 선배였던 그녀는 사사건건 나의 잘못을 꼬집는 얄미운 선배로 기억되었다. 시간이 지난 후에 그러한 그녀의 행동이 잘못을 지적하는 것이 아니고 가르침이었단 걸 그때도 알았다면 좋았을 텐데 그땐 알지 못했다. 30년이 훨씬 더 지난 지금까지도 나의 기억 속에 또렷이 기억나는 사건이 하나 있다. 문제의 발단이 어떤 것이었는지는 정확하게 기억이 나지 않지만, 근무 중이던 나를 오물처리실이라는 각종 배액물을 측정하고 버리는 지저분하고 좁은 장소로 그 선배가 불렀다. 아직도 그 상황이 훤히 눈에 보이는 듯 오물처리실 구석에 서서 혼나고 있는 나의 모습이 그려진다.

그 선배와는 아직도 돈독히 지내며 연락을 주고받는 사이인데, 언젠가 사석에서 내가 그 이야길 하니 선배는 깜짝 놀라며 "내가? 내가 왜 그렇게 했을까? 난 기억이 전혀 없어"하며 몹시 당황해한다. "그렇죠~ 원래 때린 사람은 기억 못 해도 맞은 사람은 기억한다고, 당한 사람만 기억하는 거죠"라고 대답하며 서로 한참을 웃었다.

지금 생각해봐도 그 선배가 경우 없이 나를 혼낼 사람은 절대 아니란 걸 안다. 아마도 어떤 실수를 따끔하게 혼낸다는 것이, 우연히 오물처리실 근처였고 나에게는 그렇게 끔찍한 상황으로 기억되고 있는 것이리라.

모든 일을 정확하게 해야 하는 업무 특성상 그 어떤 일도 쉽사리 봐주고 넘어가면 안 된다는 것을 이해하면, 그 선배의 그런 행동은 당연한 일이고, 나에게 그런 가르침을 해준 것을 오히려 감사해하며 그런 선배가 있다는 것을 다행스럽게 여겨야 한다.

그러나 나도 그런 오해를 푼 것은 몇 년의 시간이 지나고 나서야 가능했다. 그러니 어린 간호사들에게 그런 것을 무조건 이해하라고만 하기에는 받아들이기 어려울 수도 있다.

실제로 임상 현장에서 태움이나 왕따로 인한 마음의 상처로 취업을 포기하고 퇴직하는 친구들도 종종 보게 된다. 서로의 마음을 헤아릴 시간이 충분하다면 이러한 상황들이 어느 정도는 이해될 수도 있을 것 같아 안타까운 마음뿐이다.

첫 취업을 준비하는 학생 간호사들에게 취업병원을 선택하는 첫 번째 조건으로 병원의 브랜드나 연봉이 아닌, 힘들 때 내가 의지하고 도움을 받을 수 있는 동료나 선배, 가족이 곁에 있을 수 있는 병원을 선택하라고 조언한다. 그래서 가르침을 태움으로 오해하고 힘들어할 때, 동료나 선배, 또는 가족과 함께 이야기해보며 오해를 풀고 다시 일어설 힘을 얻었으면 좋겠다. 이 시기를 현명하게 이겨내어 어렵게 공부하고 어렵게 취업하여 갖게 된 소중한 직장을 쉽사리 포기하는 일이 없었으면 하는 간절한 바람을 가져본다.

한자로 '사람 인(人)'자를 써본다. 서로 기대면 쓰러지지 않고 서 있을 수 있으니까. 그렇게 서로 의지하며 힘듦을 서로 나누고 극복하여 오래도록 간호사로 일하며 지낼 수 있기를 소망한다.

04
얼마나 아팠을까?

정형외과 병동에서 간호사로 일할 때 내가 만난 그는 30대 초반의 호감형에 건장한 체격을 가진 주유소를 운영하는 집의 장남이었다. 결혼한 지도 얼마 되지 않아 신혼이었던 걸로 기억된다. 그는 교통사고로 입원하게 되었고, 다른 곳에 특별한 외상은 없었는데 우측 하지에 심각한 *구획증후군(Compartment Syndrome) 진단을 받았다.

정형외과에서는 상처 소독(드레싱 Dressing)을 많이 하게 되는데 대부분은 수술 후 봉합된 상처의 소독이고, 감염으로 인해 상처 부위가 그대로 노출된 개방형 상처의 소독도 가끔 있었다. 개방형 상처는 감염의 정도에 따라서 하루 한 번 이상 소독할 때도 있으며 봉합 상처의 소독보다 필요한 물품도 많을 뿐 아니라 소독 시간도 오래 걸린다.

그의 다리는 아직도 기억나는 매우 심각한 상태의 개방형 상처였다. 교통사고로 인해 다리가 무거운 하중으로 눌리며 끼어있었는지 그의 종아리 부분은 왼쪽 다리보다 두 배 가까이 부어있었고, 무릎 뒤쪽에서 아킬레스건 위쪽까지 피부가 벌어져 노출되어 있으며 근육이 보이는 매우 심각한 상황이었다.

간호대학 학생으로 수술실 실습 도중 목격했던 인체의 내부를 보며 속이 메슥거리고 실신 직전까지 갔던 기억이 떠올라 기피 부서로 수술실을 선택했었는데, 병동에서 이렇게 심한 상처를 보게 될 줄은 몰랐었다.

요즘은 이런 개방형 상처 소독을 일반 병실이나 처치실에서 하지 않고 멸균 영역이 유지되는 수술실을 이용한다. 그러나 30년도 훨씬 전이었던 그때는 간호사실로 침대를 밀고 나와서 스크린으로 가리고 간호사실 한가운데서 상처 소독을 하였다. 그때는 요즘엔 있는 처치실도 없었으니 아마도 그것이 최선이었을 것이다.

보통은 의사 한 명과 간호사가 상처 소독에 참여한다. 매일 예정된 소독 시간의 30분 전쯤 진통제를 그에게 주사한다. 그에겐 매일 다가오는 그 시간이 얼마나 두렵고 힘들었을까.

다리를 감싸고 있던 붕대와 피 묻은 거즈, 패드들이 벗겨져

나가고 맨살이 드러난다. 의사는 식염수와 소독액을 이용하여 드러난 상처의 근육 사이의 이물질을 씻어내고 염증 여부를 살피며 소독을 한다. 진통제를 투여했다고는 하나, 효과가 없는 듯 그는 이를 악물고 비명을 지른다. 온몸이 땀에 젖도록 그의 절규는 계속된다.

우리 몸에서 아주 조그만 살갗이 벗겨져도 쓰라리고 아픈데, 무릎 아래쪽 다리 전체가 뼈와 피부만 붙어 있을 뿐 모두 덜렁거리는 그의 상처가 얼마나 아팠을지 지금도 생각해보면 너무도 가슴이 저린다.

소독이 지연되지 않도록 소독 물품을 잘 챙겨서 필요할 때, 빠르게 의사의 손에 건네준다. 그의 입에 거즈를 물려주며 이를 악물고 있는 환자의 이가 손상되지 않도록 한다. 땀을 닦아주고 잘 참아내고 있다고 격려해준다. 그렇게 20~30분 동안은 병동에 있는 다른 환자들도 간호사실에서의 울부짖는 그의 절규를 들을 수밖에 없다.

상처 부위를 씻어낸 후 소독하고 나면 소독액에 적신 거즈를 이용하여 상처 사이사이에 덮어주고 소독거즈와 멸균 패드를 덧댄 후 붕대를 감아주면 끝난다. 소리 지를 힘도 남지 않았는지 거의 탈진한 환자가 떨고 있었다. 잘 참아냈다고 격려하며 복도에서 숨죽이고 있던 보호자에게 환자를 맡겼다.

환자가 치료받았던 간호사실 바닥은 떨어진 거즈와 식염수로 핏물이 흥건하다. 뒷정리만 하는데도 시간이 걸린다. 폐기물을 치우고 난 다음 드레싱 카에 비워진 물품도 다시 챙겨 넣어야 한다. 상처 소독에 대해 기록도 해야 하고, 사용한 물품의 처방도 내야 한다.

그렇게 아주 오랫동안 그의 다리 상처 소독은 계속되었다. 그리곤 부기도 가라앉고 상처의 염증도 없는 상태가 지속하였을 때 아마도 봉합을 했을 것이다. 그 이후론 기억이 나질 않는 걸 보니 잘 치료하여 퇴원하셨던 것 같다.

지금 와서 생각해보니 왜 그리도 진통제를 아꼈었는지 좀 센 것으로 놔주었다면, 덜 힘들지 않았을까. 닥쳐올 통증을 예견하며 그가 겪었을 고통이 느껴지는 듯 가슴이 아프다.

그는 지금은 두 다리로 잘 걸어 다니고 있겠지? 키도 크고 훤칠하여 멋진 그가, 이제는 어엿한 가장으로 주유소를 물려받아 사장님 소리 들어가며 잘살고 있을 것으로 생각해 본다.

'그때 너무 고생 많았어요. 이젠 절대 아프지 마세요.'

*구획증후군(Compartment Syndrome) : 신체의 중요한 해부학적 구획 내의 압력이 증가한 상태로서, 그 공간의 조직에 혈액 공급이 불충분하게 되는 질환.

05
이직에 대한 고민

3교대 근무에 어느 정도 적응하고 나면, 권태기가 찾아온다. 권태기라는 것이 결혼생활에만 오는 것인 줄 알았는데…

어떤 일이든 지속해서 반복하다 보면 시들해지고 그러다 보면 게으름이나 싫증이 생기는 것으로 이해하면 될 것 같다.

매일 똑같은 업무의 반복이 지루하게 느껴지기도 하고, 계속되는 교대근무로 몸은 망가지는 것 같은데 언제까지 이렇게 지내야 하나 허탈한 마음도 들게 된다. 그래서 이것저것 배워보기도 하고, 대학원 진학도 해서 분위기를 바꾸어 보기도 하지만 현실은 달라지는 게 없다.

이곳에 계속 이대로 있는 것은 비전이 없어 보이고, 수간호사 자리는 언제 날지도 모르는 일이고, 그렇다면 나는 계속 이렇게 3교대를 하며 지내야 하느냐며, 이런저런 루트를 통해 교대근무가 아닌 자리를 알아보기도 한다. 교대근무를 하는 간호사라면 누구나 하는 고민일 거라 생각된다.

어떻게 해야 3교대 근무에서 벗어날 수 있을지를 심각하게 고민하는데, 그것의 대안으로 생각할 수 있는 것 중 하나가 다른 대학병원의 새로운 병원 개원에 맞춘 대규모의 인력 채용에 응시해보는 것이었다. 한꺼번에 많은 인력이 필요하다 보니 원하는 자리로 내가 배치될 수도 있겠다는 희망이 생긴다.

내가 심각하게 이런 고민을 하며 자리를 찾고 있을 때, 국내에서 이름만 대면 모르는 사람이 없을 정도의 대규모 기업이 강남에 초대형 규모의 병원을 세우고 오픈을 준비하고 있었다. 나에게는 절호의 기회라고 생각이 되었고 고민 끝에 원서를 내보기로 했다. 원서를 내고 나서도 복잡한 생각들로 힘들었는데 지금 있는 곳은 의료진들이 대부분 선 후배이고, 시스템도 익숙하고, 어느 정도는 인정받고 있다고 생각했는데, 새로운 병원에서는 모든 것이 낯설고, 의료진도 여러 병원 출신의 새로운 사람들일 거고, 새로운 시스템에 적응하기도 쉽지 않겠다는 걱정 때문이었다. 또한, 나를 인정할 때까지 다시 시작해야 하는 노력이 얼마나 힘들까 하는 두려움과 걱정도 앞섰다.

어쨌거나 나는 원서를 냈고 합격이 되었다. 원했던 병동의 책임간호사나 수간호사는 아니고, 외래의 책임간호사 자리였다. 외래로 가는 것을 한 번도 생각해 본 적이 없었고, 외래로 가면 간호관리자는 포기해야 한다는 선입견이 있어서인지 합격 소식이 마냥 반갑지만은 않았다. 물론 외래에서도 책임간호사를 거쳐 수간호사를 할 수 있겠지만 선택의 폭도 좁고, 기회도 그리 많지 않은 게 현실이었다.

다만, 당장 3교대 근무는 하지 않아도 되고, 지금 다니는 병원보다 규모도 크고 연봉도 높으니 잘된 일이라고 생각해야 하는데, 다니던 병원을 쉽사리 퇴직하겠다는 결정이 안 되었다. 그때는 꼼꼼하게 따져보지 않아 알지 못했지만, 만약 그때 병원을 옮겼다면, 지금의 병원을 퇴직하고 받는 사립학교 직원으로서의 혜택을 받을 수 없게 되는 것이다. 물론 연봉을 더 많이 받아서 노후 자금을 조금 더 챙겼으려나?

결국, 나는 병원을 옮기지 않았다. 당장 3교대 근무에서 해방된다는 기쁨을 뒤로하고 묵묵히 다시, 모두가 잠들 준비를 하는 저녁에 출근하며 3교대 근무를 하였다.

그러나 정말 운이 좋게도, 그해 가을 나는 책임간호사 발령을 받아 3교대 근무에서 해방되었다. 그것도 근무하던 병동에서 승진하게 되었고 몇 년 후에는 수간호사로 승진하였다.

만약 그때 병원을 옮겼다면 나는 지금 어떻게 되어 있을까?

간호사라면 누구나 한 번쯤, 이런 고민에 심각하게 빠지게 되는 상황이 온다. 그럴 때 꼭 다른 병원이나 기관에서 해결책을 찾으려 하기보다 내부에서 찾아보는 방법을 추천한다.

생각보다 병원 내에서 3교대를 하지 않는, 간호사가 갈 수 있는 부서가 꽤 많다. 그래서 정말로 내가 원하는 것이 무엇인지를 확인한 다음, 그것을 간호관리자와 상담하길 바란다. 내가 아무리 원한다 해도 나의 상사가 알지 못한다면 그런 자리가 나와도 추천해주기가 어렵기 때문이다.

진정으로 원하는 것이 있을 때 내가 원하는 것을 가까운 사람에게 말하여 알리는 방법을 써보라고 말하고 싶다. 자꾸 말하여 알리다 보면 나도 내가 원하는 쪽으로 가기 위해 준비할 것이고, 그런 자리가 나왔을 때 상사가 나를 떠올리며 추천해 줄 수 있을 것이다. 생각보다 나와 가까운 사람도 나의 마음을 잘 알지는 못하기 때문이다. 내가 이렇게 힘든데 어떻게든 해줄 거라고 생각만 하는 것은 그리 좋은 방법이 아니다.

06
밤 근무는 이렇게

나는 3남매 중 장녀이지만 결혼 전까지 밥이나 빨래 한 번 제대로 해보지 않았다. 요즘 하는 말로 손에 물 한번 안 묻히고 살았다고 봐야 한다. 정말 철이 없었던 시절이다.

확인된 바는 없으나 신규 간호사 이야기를 할 때마다 언제나 등장하는 일화가 있다. 어느 병원 중환자실에서 신규 간호사에게 환자가 대변 본 것을 치우라고 상급자가 이야기하니, 신규 간호사는 자신의 엄마에게 연락하여 어머니가 와서 환자의 대변을 치우고 있었다는 믿지 못할 이야기이다. 이 말도 안 되는 이야기가 어느 정도는 공감이 가는 이유는 왜일까. 그만큼 귀하게 자란 아들, 딸들이 간호사로 일을 하기 때문이다.

주말이나 공휴일, 명절의 밤 근무는 혼자서 하게 되는데 확실히 평일보다는 조용하고 부담이 적다. 남들이 다 쉴 때 밤새 근무하는 것이니 부담이라도 적어야 한다는 바람은 출근하면 물거품처럼 사라진다. 주말이나 공휴일에는 어김없이 수간호사께서 밤 근무 동안 해놓아야 할 청소 목록을 남겨주신다.

요즘은 환자에 대한 기록을 컴퓨터를 이용하는 전자의무기록 EMR(Electronic Medical Record)로 하지만 예전엔 종이에 기록하는 방식이었다. 그러다 보니 종이를 끼우는 철로 된 차트나 파일을 이용하였다. 철재 차트나 파일을 오래 사용하다 보면 겉면의 지저분한 것이 손에 묻게 되는데, 그래서 차트나 파일의 종이를 하나하나 빼놓고 비누와 수세미로 박박 닦아 말려야 했다. 50개 정도의 차트 판을 닦고 물기를 말리는 일은 결코 쉬운 일이 아니었다.

컴퓨터 자판을 통해 오염된 균이 전파될 수도 있으니 여러 개의 키보드를 소독솜을 이용해 구석구석 닦는다. 경구(먹는) 약 보관함도 오래 사용하다 보면 먼지와 약 가루가 떨어져 지저분해진다. 그것도 한명 한명의 약을 꺼내 놓고 닦아 말리고 다시 약을 집어넣는다.

주사제인 바이알과 앰플 보관함에도 간혹 깨진 주사액이 바닥에 엉겨 붙어 말라있는 경우가 있다. 모두 들어내고 깨끗이 닦은 후 바이알과 앰플의 유효기간이 지난 것은 없는지 일일이 확인하며 줄을 맞추어 넣어 놓는다.

수액주사 제제도 유효기간을 확인하고 유효기간이 얼마 남지 않은 것들을 앞줄에 두어 먼저 사용할 수 있게 하고, 라벨이 앞으로 보이도록 줄 맞추어 세워놓는다.

간호사실 칠판의 메모도 모두 지우고 정성스러운 글씨로 다시 써 놓는다. 물품 장부나 마약 반납 장부 등 모든 장부를 꺼내어 남은 여백에 사용하기 편리하도록 줄을 그어 논다. 빌린 물품이나 빌려주었던 물품, 약품들을 해당 병동에 전화하여 갚거나 받는다.

차트 속의 기록지들이 다음 업무 근무자가 기록할 만큼 넉넉히 남아 있는지 확인하고 해당 기록지의 새것을 환자 등록카드를 찍어 끼워놓는다. 혹시라도 다음 업무 선임근무자가 기록하려 할 때 시트의 여백이 없어 바로 기록하는데 문제가 생기면 "쯔쯔… 도대체 나이트 근무자 누구였니? 정말 일 제대로 안 할래?"라는 소리가 여지없이 들려 온다. 그 외에도 휠체어를 찾아 닦고 줄 맞추어 세워두기, 롱카 닦기, 라벨링 다시 하기 등 밤새 움직이며 청소를 한다. 물론 시간마다 해야 할 간호 업무도 해가면서 말이다.

어떨 때는 '내가 청소하려고 간호사가 되었나!'라고 툴툴거리며 하기도 했고, 어떨 때는 '그래, 차라리 움직여야 잠이 안 오지'라며 하기도 했다.

수간호사 선생님은 내가 청소해 놓은 걸 어떻게 확인하는지가 항상 궁금했다. 내가 볼 때는 별로 티가 안 나는 일이고 하루 지나고 출근해 보면 똑같이 어질러져 있었으니까. 그러나 그 의문은 내가 수간호사가 되고 보니 바로 해결되었다. 칠판에 써진 글씨체만 봐도 '음… 00이가 정리했네' 하고 금방 알 수 있었으니까.

돌이켜 생각해보면 나이트 근무자가 그렇게 정리하고 깨끗하게 청소해 준 덕분에 데이와 이브닝 근무자가 편리하게 일할 수 있지 않았나 생각이 된다. 그리고 나도 바로 데이와 이브닝 근무를 하게 되니까 말이다.

병원 감염관리와 약품의 유효기간 관리, 환경관리 등은 시간이 지날수록 각종 평가에서 제시된 지침대로 관리를 잘해야 하는 항목 중 하나가 되었다. 그러나 나는 병원에서처럼 가정에서는 그리 꼼꼼하고 철저하게 정리하고 청소하지 못하고 산 것 같아 가족들에게 미안한 마음뿐이다.

07
극단적 선택 시도

부끄럽게도 '자살'은 우리나라가 전 세계에서 1위를 차지하는 것 중 하나이다. 일반인, 유명인을 막론하고 흔하게 들려오는 반갑지 않은 소식 중 하나가 자살과 관련된 것이며, 하물며 오랫동안 질병으로 고통받고 있는 분들은 우울증으로 인한 극단적인 생각을 하는 분들이 많이 있다.

요즘은 입원 환자의 우울 정도를 입원 시점부터 스크리닝하여 우울의 정도가 심할 땐, 바로 정신건강의학과 의사에게 연결해 주어 상담을 받도록 하는 시스템으로 관리한다.

그런데도 아주 가끔은 병원 재원 중에 극단적인 선택을 시도하는 분들을 만나게 된다. 책에서는 극단적 선택을 하기 전에 자기의 죽음을 예고하는 말들을 주변인에게 한다고 배웠는데 내가 경험한 바로는 모두가 그렇지는 않았던 것 같다. 이는 죽음을 예고하는 말을 들을 수 있을 정도로 환자와의 공감대(Rapport)가 형성될 시간이 없었던 때문인지도 모르겠다.

자신이 근무하는 중에 담당한 환자에게 그런 일이 생기면 담당 간호사는 '내가 좀 더 자주 주의 깊게 보았어야 했는데'라는 자괴감에 빠지며 깊은 충격을 받게 된다. 바로 주치의에게 연결하고 필요할 때 *CPR(심폐소생술 cardiopulmonary resuscit-ation)팀을 호출하거나, 수간호사에게 빨리 보고한다. 이 이후로도 경찰에 연락해야 할 경우도 있고 보고서도 작성해야 하는 등 해결해야 할 일이 많다.

내가 만났던 그녀는 대퇴골의 만성 골수염으로 아주 오랫동안 입원 중이었다. 매일 상처를 소독할 때마다 떼어낸 거즈에는 녹색의 고름이 제법 많이 배어 나왔고, 벌어진 피부 사이로 소독된 *큐렛(curette)을 5센티 이상 넣어 염증을 긁어내는 치료를 하였다. 상처 부위에서 배양된 균은 아주 독한 3차 항생제로도 치료가 잘되지 않는 것이었고 몇 달이 지나도 차도가 없는 상황이 반복되었다.

20대였던 그녀는 상처 소독을 할 때마다 자신의 엉덩이 부분을 내보여야 했는데 환의 바지는 끈으로 되어있지만, 속옷은 완전히 벗어야 해서 그것이 그녀에게 얼마나 수치스럽고 어려운 일이었을지를 생각하지 못했다. 그래서 그때는 그녀가 참 야한 여자라고 생각하게 되는, 엉덩이 부분을 끈으로 묶을 수 있는 끈팬티를 항상 입고 있었던 것이 대화의 주제가 되기도 하였다. 노출에 대비하여 속옷을 제작하여 입고 있었던 그녀의 마음을 헤아리지 못하고 "어디서 그런 야한 팬티를 구하는 거냐"라고 물었던 우리의 무심함을 반성하게 했다.

독한 항생제를 장기간 투여받고 있었음에도 조금도 나아지지 않는 상황을, 매일매일 겪어야 하는 고통스러운 치료과정이 지치고 힘들고 암울했을 것이다. 그런데도 그녀는 지나치다 싶을 정도로 쾌활했고 잘 견뎌내는 것처럼 보였다.

그날은 내가 밤 근무를 하게 된 주말의 저녁이었다. 주말에는 수술이나 검사 일정이 없기에 평일보다는 준비할 것이 적고 비교적 조용한 편이며, 근무하는 간호사의 심리적인 부담도 적은 날이다.

앞의 근무자들에게 환자 인수인계를 받고 근무자들이 퇴근하는 것을 지켜보고 나서 카덱스를 보며 환자 상태를 다시 확인해 본 후 병실 순회를 마쳤다. 그리고는 차트를 정리하고 있었는데 갑자기 그녀의 자리에서 호출 벨이 울렸다. '평소 벨을 누르지 않던 그녀인데 무슨 일일까?' 의아해하며 병실로 들어

갔다. 다인실의 병실에 들어섰을 때 창가 쪽 침대에 그녀가 앉아있었다.

“황00 님, 무슨 일이세요? 벨 누르셨지요?”라고 물으니 갑자기 그녀가 울음을 터트린다.

“나 죽으려고요. 그래서 손목을 그었어요. 근데 무서워요.”

재빠르게 그녀의 손목을 확인해보니 다행히도 손목을 세게 긋지는 않은 듯 피가 맺혀있는 정도였다. 가슴이 벌렁거리며 너무 무서웠지만, 재빨리 침대를 간호사실로 옮긴 후, 주치의를 호출하고 손목의 상처를 드레싱 하였다. 보호자도 없는 상태여서 환자를 다시 병실에 혼자 두는 것보다는 옆에 있어야 안심이 되었다.

그녀의 상태를 주의 깊게 살피며 어떻게 그날의 밤 근무가 지나갔는지 모르게 시간이 흘렀다. 그 이후로도 그녀는 아주 오랫동안 비슷한 상태로 치료를 받았다. 홀어머니 아래의 삼녀 중 장녀였던 그녀는 늘 혼자 있었는데 그날 이후론 가족들이 한 명씩 교대로 간호를 하게 하였다.

부서 이동을 하고 그녀의 존재를 까맣게 잊고 있던 어느 날, 병원 로비에서 목발도 없이 뚜벅뚜벅 걸어오는 사복 차림의 여자와 마주쳤는데 가만히 보니 그녀였다. 너무 반가워 소리를 지르며 얼싸안고 기뻐하였다. 그렇게 고생하더니 잘 치료되어 목발 없이도 걸을 수 있게 되었고 또 저렇게 건강한 모습으로 만나게 되니 너무 다행이다 싶었다.

그때 그녀가 손목을 살짝만 그어서 너무 다행이었고 살아주어서 너무나 감사했다. 나에게 트라우마로 기억되었을 일을 생기지 않게 해주어 정말 감사했다.

'그래도 그때 너무 가슴 철렁했어요.'

그때의 기억을 떠올려 보며 그녀의 완쾌를 진심으로 기뻐했다.

*CPR(심폐소생술 cardio-pulmonary resuscitation) : 심장의 기능이 정지하거나 호흡이 멈추었을 때 사용하는 응급처치

*큐렛(curette) : 한쪽 끝이 작은 숟가락 모양으로 되어있는 도구로, 염증이 있는 부위를 긁어낼 때 사용하는 기구

08
벅스 바의 다른 용도

정형외과에서는 하지 골절환자의 수술 전 일시적 고정이나, 골절의 정복과 근육경련을 이완시키기 위한 목적으로 흔히 *벅스 견인(Buck's traction)이란 것을 한다.

기구창고라고 하는 견인 장치를 만들 수 있는 쇠로 된 바(bar)와 기타 준비물들을 보관하는 곳이 정형외과 병동마다 있다. 정형외과 신규 간호사가 되면 견인의 종류마다 필요한 물품들이 무엇인지를 암기하여 직접 준비해보는 것도 신입 교육 항목 중 하나이다.

견인 장치를 바로 만들 수 있는 정형외과용 침대도 있지만, 그 침대를 이미 다른 환자가 사용하고 있을 때는 견인 장치용 쇠 바를 직접 풀어 옮겨 침대에 부착하면 된다. 처음엔 그 쇠가 무섭고 흉기처럼 느껴져 어찌해야 할지 잘 몰랐는데 시간이 지나 경력이 쌓일수록 혼자서도 척척 환자의 식판을 떼어내고 기구들을 잘 연결했다.

정형외과는 여러 임상과 중 전공의들에게 거의 1, 2순위의 인기 과이며, 정형외과 레지던트는 치열한 경쟁을 뚫고 선발된 사람으로 학교 성적이며 인턴성적 등이 거의 최고인 사람들로 구성된다. 우리가 볼 땐 진료실에서 고상하게 환자를 진찰하는 것과 더불어, 수술실에서 뼈를 자르거나 망치질하고 나사못 박는 수술을 하는 고된 업무를 하는 것이 뭐 그리 좋다고 인기일까 싶은데 말이다.

간호사 선 후배 간의 규율이 엄격한 것 저리 가라 할 정도로 정형외과 의사들의 규율 또한 매우 엄격하였다.

회진을 돌 때 병실 문을 벌컥 열고 들어가는 레지던트에게 정형외과 과장님이신 김○ 교수님께서 낮은 목소리로 한마디 하셨다.

"문 열기 전에 노크 좀 해라~"라고 하시니 레지던트는 병실마다 들어가기 전 노크를 했다. 그러나 형식만 갖추었을 뿐, 노크 소리가 너무 커 환자들은 오히려 문을 벌컥 열었을 때보다 더 놀라 했다. 과장님께서 레지던트를 쏘아보면 그는 몸둘 바를 몰라 하면서도 또다시 깜빡하고 노크를 안 하고 병실

문을 열고 들어가는 때는 아차 싶었던지 뒤돌아 문을 두드렸다. 지켜보던 회진 팀 모두는 터져 나오는 웃음을 참으며 시선을 피했다.

또 한 번은 꼬질꼬질 더러운 가운을 입고 회진하는 레지던트에게 “가운 좀 깨끗한 것으로 안 입을래?”라고 하시니 그다음부터는 어디에 숨겨 두었었는지 세탁된 빳빳한 새 가운을 걸쳐 입고 회진 시간에 나타났다.

실제로는 졸업을 먼저 하여 나이가 더 많은 주니어 레지던트가 시니어 레지던트에게 선배님 모시듯 깍듯하게 대하며 예의를 갖춘다. 의사 당직실에 2층 침대가 여러 개 비어있어도 시니어 레지던트가 당직실에서 자고 있으면 주니어 레지던트는 그곳에 들어갈 엄두조차 못하고 의국에서 폭이 좁은 책상을 몇 개 부쳐놓고 자는 것을 여러 번 목격하였다.

나이트 근무 중에는 조그마한 소리도 크게 들리고 귀가 예민해진다. 정형외과 의국이 간호사실에서 그리 멀지 않은 곳에 있기에 시니어 레지던트가 소리치며 주니어를 혼내는 소리도 바로 옆에서 벌어지는 일처럼 크게 들린다.

‘이 밤에 왜 저러는 거야’라며 내 마음도 덩달아 불안해진다.

그러더니 소리친 것으로 분이 안 풀렸는지 갑자기 흐트러진 모습의 시니어 레지던트가 간호사실로 와서는 기구창고 열쇠를 달라고 한다. '아니 이 밤에 거긴 왜 가려는 거야?' 궁금하지만 질문할 용기가 나지 않아 말없이 열쇠를 천천히 내어 준다. 잠시 후 그는 쇠로 된 *벅스 바(buck's bar) 하나를 질질 끌며 의국으로 간다. 갑자기 등골이 오싹해진다.

'저것으로 뭘 하려고 저러는 거지? 설마, 악…'

그는 의국으로 가서는 문을 꽝하고 닫는다. 잠시 후, 꾸짖는 듯한 소리와 함께 무언가를 내리치는 둔탁한 소리가 난다.

'말도 안 돼. 정말… 도대체 왜 저러는 거야'

내가 생각하는 일이 벌어지고 있는지 알 수는 없지만, 여러 가지 정황상 추측이 가능하다.

다음 날 아침 주니어 레지던트는 아무 일도 없었던 듯 자기 일을 한다. 그의 걸음걸이가 절뚝절뚝 조금 이상하지만 말이다.

'정형외과 의사가 정말 왜 좋다는 거야? 에구, 그래도 레지던트 과정을 잘 마쳐야 할 텐데…'

그랬던 그들이 지금은 대학병원에서 교수로, 몇몇은 더 높은 보직자로, 또는 병원을 개업해서 잘살고 있다.

연예인과 의사 걱정은 하지 말자.

*벅스 견인(Buck's traction):피부 견인의 하나로 뼈, 근육, 연 조직 등을 기구를 이용하여 간접적으로 고정하는 방법

*벅스 바(buck's bar):벅스 견인을 할 때 침대에 고정하는 쇠로 된 긴 막대

09
우리 몸속 물

우리 몸의 60~70%는 물로 이루어져 있다. 물은 우리 몸에서 체온 조절, 혈압 유지, 노폐물 제거, 세포 간 정보전달, 피부 탄력 유지, 변비 예방 등 수없이 많은 역할을 한다.

다이어트를 할 때도 피부미용을 위해서도 하루 물 섭취량을 늘려야 한다는 이야기를 심심치 않게 들었을 것이다.

최근 본 물을 소재로 다룬 영화에서 미래에는 전 세계에 물 부족 사태가 심각해질 거라 한다. 식수조차 개인에게 하루 정해진 양만큼만 배급해야 한다는 끔찍한 내용을 접하면서 이런 상황이 영화 속 이야기로만 존재하는 것이 아니고 실제로도 일어날 수 있는 일이겠다는 두려움이 생긴다. 지구온난화와 이상고온으로 인한 피해가 지구상에서 더 자주 일어나고 있는 것만 봐도 그렇다. 그렇게 생각하면 물을 마실 수 있을 때 많이 마셔 두어야 하는데, 아무리 노력해도 하루 권장하는 2L의 물을 마시기란 쉽지가 않다.

외과 병동으로 부서 이동이 되고 나서 다른 병동과는 다르게 낯설었던 풍경 중 하나는 아침 출근할 때마다 복도의 카트 위에 한가득 담겨있던 형형색색의 배액물 병들이었다. 정형외과에 근무할 때도 수술 상처 부위에서 나오는 배액물을 보았었지만 주로 붉은색이었고, 이렇게 다양한 색의 배액물은 보지 못했다.

그런데 외과 병동에서는 수술 상처에서 나오는 배액물은 물론이거니와 *비위관을 통한 배액물, *T-tube를 통한 배액물, 늑막 천자 배액물, 복수 천자 배액물, 소변 등 온갖 빛깔의 색을 가진 배액물이 병마다 가득하다. 모두 환자들의 몸에서 나온 것으로 상처 치유를 돕기 위해 고여있는 것을 빼주거나, 몸속에서 자연스럽게 순환이 되며 흡수되거나 흘러야 하는데 그렇지 못하고 고이거나 막힌 것을 빼낸 물이다.

간호사는 환자 개개인별로 배액된 액체를 빈 병이나 계량용 컵에 담아 양을 정확하게 측정하고 양상을 관찰, 기록해야 한다. 하루 동안의 섭취량과 배설량을 측정하고 합산하여 기록해야 하는 아침이 오면 환자 한 명당 여러 가지 종류의 배액 주머니나 관을 가지고 있는 분들이 많아서 모두 비우고 측정하는 데 걸리는 시간도 만만치 않다. 이렇게 많은 배액물을 받느라 쭈그리고 앉아서 빈 병에 따라 옮기고, 몇 cc인지를 측정했을 간호사의 수고가 그려진다.

붉은 피 빛깔, 연한 핑크, 연녹색, 짙은 녹색, 초콜릿 색, 짙은 갈색, 노란색, 진한 노란색, 옅은 노란색 등등의 다양한 색의 배액물이 유리병에 담겨 화려하게 놓여있다.

우리 몸속에 이렇게 다양한 색의 액체들이 들어있다는 게 신비스럽고 놀랍다. 그리고 이러한 액체들이 잘 흘러서 우리 몸을 이롭게 하고, 불필요한 것은 배출시킬 수 있도록 알아서 조절하며 흘러 다니는 것도 신기하다. 인체는 알면 알수록 신비롭고 오묘한 것 천지다. 그렇게 주신 우리의 몸을 잘 보존하고 귀하게 여기고 잘 관리해야 하겠다.

오늘도 나는 아침부터 물을 마셔보려고 한다. 하루에 2L의 물을 마신다는 것은 아무래도 계획이 필요한 듯, 쉽지가 않다. 핸드폰의 알람을 두 시간마다 맞추어 놓고 알람이 울릴 때마다 물을 마시던 사무실의 동료가 생각이 난다.

이렇게 물을 마음껏 마시고 시원하게 배출할 수 있는 것도 정말 감사할 일이다. 신장 기능의 손상으로 소변을 제대로 배출하지 못하는 분들도 계시니 말이다. 며칠간의 소변량이 거의 제로에 가까운 이분들은 온몸이 붓고 독소가 쌓여 복막투석이나 혈액투석을 하여 소변과 노폐물을 배출시킨다. 마시고 싶어도 이런 이유로 인해 수분을 엄격히 제한하는 분도 있다고 생각하니, 건강에 이롭다고 억지로 마시려고 했던 물을 보며 여러 가지 생각에 빠지게 된다.

우리가 의식하지 못하고 있는 이 순간에도 우리 몸속에서 몸의 균형을 유지하기 위하여 열심히 일하고 있을 나의 몸속의 물에 '정말 고맙다'라고 말하고 싶다.

균형을 잘 유지하는 몸속의 물에 한 수 배워야겠다.

*비위관 : 코를 통해 위로 넣는 관

*T-tube : 담낭이나 담도 수술 후 담즙 배출을 돕기 위해 연결된 관

10
인절미와 CPR

"코드 블루! 코드 블루! 142병동 처치실 심장내과"

병원 안에서 나오는 방송을 조금만 귀 기울여 들은 분이라면 꽤 자주 이런 방송을 들은 적이 있을 것이다. 병원마다 심폐소생술이 필요한 환자가 발생하면 심폐소생술 팀을 부르는 호출방송을 하게 되는데, 병원별로 조금씩 다르긴 하지만 이런 방송이 나올 때면 현장에서 벌어지고 있을 심각한 상황이 머리에 그려지면서 마음이 좋지 않다.

국내 의료기관 인증평가와 국제 의료기관 인증평가인 JCI(Joint Commission International)을 거치며 원내 어디에서 CPR 방송이 나오든 30초 이내로 심폐소생술을 시작할 수 있는 훈련이 직원들에게 되어있고, 역할에 대한 업무 분담이 확실하여 CPR 상황에서도 일사불란하고 빠르게 대처한다. 실제로 나의 사무실 근처에 있는 지하 편의점에서 발생한 CPR 방송을 듣고 급하게 달려가 보니, 지하의 여러 부서에서 근무하는 직원들이 각자 맡은 기구, 장비, 이동 침대를 밀고 달려왔고 근처에 있던 의료진에 의해 이미 심폐소생술을 하고 있었다. 의료인들은 매년 심폐소생술 교육을 받고 시험도 보며 혹시 모를 긴급상황에 철저하게 대비한다. 그러나 이런 CPR 상황은 늘 불시에 찾아오기 때문에 교육 이외에도 장비나 준비 물품, 약품들을 꼼꼼하게 매일 근무 조별로 점검한다.

팀장이 되고부터 CPR이 발생했을 때 나의 역할은 환자 옆에서 직접 주사를 놓거나 기관 내 삽관을 돕는 것보다는 보호자를 챙기거나, 사용하는 기구의 코드 연결을 확인해주거나, 필요한 장비를 미리 대기시키거나, 중환자실로 환자를 급하게 이송할 수 있도록 보안요원에게 엘리베이터를 잡도록 지시하는 것 등이었다. 그리고 혹시라도 어수선하여 역할 분담이 제대로 되어있지 않으면 기관 내 삽관 돕기와 산소 및 심전도 모니터 연결, 약물 투여, 기록, 물품 조달 등으로 간호사의 역할을 다시 한번 알려준다. 그리고 차분히 하라고 침착하게 하자고 격려한다. 아무리 훈련이 잘되어 있어도 발견 시점이 늦거나, 동반된 다른 심각한 문제가 있을 때는 심폐소생술의 결과가 좋지 않은 예도 있다.

오랜 세월이 지났지만 또렷하게 기억에 남는 CPR 상황이 있다. 60대 후반의 할아버지셨고 뇌졸중 초기증세로 입원하셨지만, 약물치료를 받은 후 증세가 많이 호전되어 다음날 퇴원을 앞두고 계셨다. 보호자로는 비슷한 연령대의 할머님이 계셨는데 사건이 일어난 시간은 저녁 식사 후 먹는 약 투약을 마치고 간호기록을 하고 있을 때였다.

할머님께서 간호사실로 다급하게 나오셔서는 "할아버지가 이상해. 빨리 좀 와봐요" 하신다. 병실로 뛰어가 할아버지를 뵈었을 땐 이미 호흡이 없는 상태였다. CPR 방송을 하고 응급카트와 심전도 모니터와 제세동기 등을 급하게 가져왔고 곧 의료진이 도착하여 심폐소생술이 시작되었다.

"갑자기 그러신 거예요?"라고 물으니 할머니는 "할아버지가 인절미를 아주 좋아해요. 그래서 그걸 주었는데, 그거 먹고 나서부터 그래요" 하신다. 누워서 인절미를 드셨나 보다.

그 이야길 들은 의사는 바로 *하임리히법으로 떡을 빼내려고 했으나 기도를 꽉 막고 있는 떡은 좀처럼 나오질 않았다. 결국, 떡을 빼내지 못하고 중환자실로 내려간 할아버지는 사망하셨다고 한다. 그 이후, 인절미나 찹쌀떡은 잘게 잘라 먹거나 별로 즐기지 않게 되었다.

예전에 어르신들을 보면 물을 마시다가도 사레들려 기침을 하는 경우를 많이 목격하였는데, 요즘 나이가 들어가면서 나도 가끔 그런 경우가 생긴다. 자연스러운 노화의 과정이라고 받아들이지만 그럴수록 조심해야 할 생활의 수칙 같은 것들이 점점 많아진다.

그 첫 번째가 누워서 음식 먹지 않기이다. 특히 인절미는 절대로.

*하임리히법(Heimlich maneuver 또는 abdominal thrusts) : 기도가 이물질로 인해 폐쇄되었을 때, 즉 기도 이물이 있을 때 하는 응급처치법.

2

수간호사의 시간

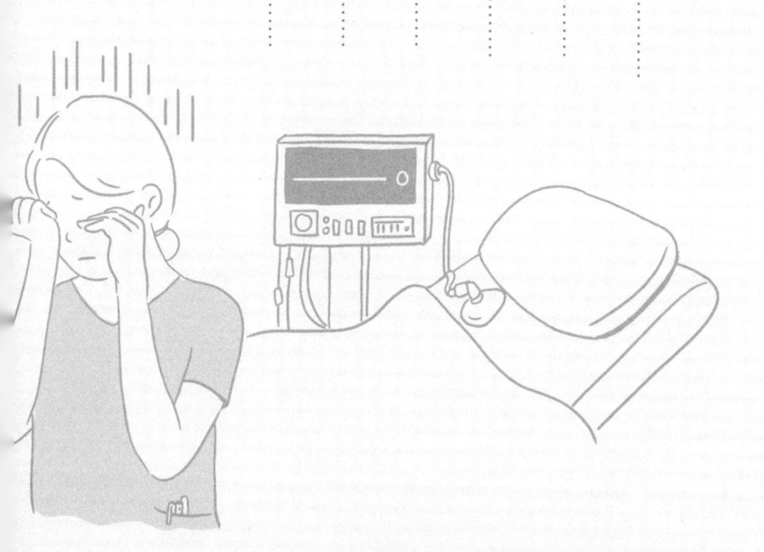

01
나도 무서워

정형외과 병동에서 외과 병동으로 부서 이동 후에는 환자들의 임종 과정을 자주 접하게 되었다. 학교에서 배운 임종의 단계에 따라 임종 과정이 진행되는 예도 있지만, 갑자기 병세가 악화되어 돌아가시는 경우나, 암 진단을 받고 죽음에 대해 준비할 시간도 없이 임종을 맞이하는 상황을 볼 때면 안타까운 마음이 든 적도 많았다.

퀴블러 로스(Elisabeth Kübler Ross)가 1968년 발표한 '죽음의 순간(On Death And Dying)'이란 저서에서 임종을 앞둔 대부분 사람은 부정(Denial)과 분노(Anger), 타협(Bargaining), 우울(Depression), 수용(Acceptance)이라는 다섯 단계를 거친다고 했다. 그러나 본인이나 가족의 죽음을 수용하는 단계에까지는 이르지 못한 상태로 임종을 맞게 되는 경우가 훨씬 더 많았다. 요즘은 인간으로서의 존엄을 지키며 편안한 마음으로 삶을 마무리하는 존엄사(Well Dying)에 관심이 높아지면서 건강할 때 미리 <사전연명의료의향서>를 작성해 두어 무의미한 연명치료 중단을 할 수 있도록 하고 있다.

그러나 직업의 특성상, 수많은 죽음을 마주하면서 고인이나 가족 모두가 '참 편안한 모습이다'라고 생각되었을 때보다는 아쉬움이 남았던 임종의 상황이 더 많았다.

내가 근무하던 외과 병동에는 호스피스 병실이 하나 있었다. 호스피스 병실이라고는 하나 병실이 하나이다 보니 편안한 죽음을 맞이할 수 있도록 하는 진정한 호스피스 활동을 하는 기간보다는 각 병동에서 임종이 가까운 환자들이 전실轉室하여 임종을 맞이하게 되는 경우가 많았다. 그러다 보니 하루에도 여러 명의 임종을 보게 되는 경우가 빈번했다. 스태프 간호사들은 이삼십 대의 나이로 대부분은 가족의 임종을 경험해 보지 않은 간호사들이니, 그들의 심리적 부담감이 얼마나 컸을지 지금 생각해도 안쓰러운 마음이 든다. 나 역시 그런 경험은 없어서 환자들의 임종을 맞이하게 되면 무서움과 약간의 두려움이 있었던 것도 사실이었다.

환자분이 임종 후에 영안실에서 환자를 모셔가기 전에 병동 간호사들은 임종 간호를 시행한다. 환자에게 연결된 모든 라인을 제거하고, 상처가 있다면 새로 깨끗하게 드레싱을 하고, 코와 입, 항문 등에 솜으로 패킹(packing)을 하고, 물수건으로 온몸을 깨끗이 닦은 후 깨끗한 환의로 갈아입힌다. 임종 환자의 눈을 감기고, 입이 벌어지지 않도록 턱 아래쪽에서 면 거즈를 이용하여 머리 위로 묶어준다. 손을 가지런히 모으고 시트를 깔끔하게 정리한 후 그동안 환자를 담당했던 간호사들이 모여 편안한 곳으로 가시길 기원하는 임종 기도를 드린다. 그리고는 영안실 직원이 환자를 모셔가기 전까지 가족과 시간을 가질 수 있게 한다.

아무리 숙련된 간호사라 할지라도 이 모든 과정을 마무리하려면 최소 2명의 간호사에 의해 30분 이상의 시간이 소요된다. 병동이 바쁜 상황에서 담당했던 환자가 임종을 맞게 되면 간호사의 업무는 더 지연될 수밖에 없다. 간호 업무가 지연되지 않기를 바라는 마음 때문이었는지 모르겠지만, 나는 환자의 임종 시 간호사들과 임종 간호를 많이 하였다.

임종 간호는 2인 1조로 하는데 이 경우 보호자들은 병실 밖으로 내보내고 간호사와 나, 둘이서 하게 된다.

영안실 내려가는 동안만이라도 꼭 그 옷을 입혀야 한다며, 환의 대신 양복과 한복을 입혀달라던 가족이 아직도 또렷하게 기억난다. 평소 고인의 유언이었거나 가족들의 뜻에 따라 이렇게 특별한 요구를 하실 땐 거절하기가 어렵다. 양복의 와이셔츠나 한복의 저고리는 의식이 있는 분도 입히기 어려운데 하물며 임종하신 환자에게 그 옷을 입히기는 정말 어려웠다. 둘이서 땀을 뻘뻘 흘려가며 한복과 양복을 입혀 드렸다. 그렇게 원하시던 옷을 입고 하늘나라로 가신 그분들은 천국에서 편히 지내고 계시겠지.

지금 생각해도 등골이 서늘해지는 상황이 기억난다. 옆에서 함께 임종 간호를 하던 간호사는 항상 나를 혼자 병실에 남겨두고 준비물 중에 가져오지 않은 것이 있다며 내가 제지할 겨를도 없이 병실 밖으로 뛰어나간다. 그 순간 나는 돌아가신 분과 단둘이 남게 된다. 그것도 옷을 갈아입히느라 옆으로 눕힌 상태여서 고인의 팔이 나를 감싸고 있다. 순간 내 몸은 얼음이 된다.

'제발 그러지 말아요. 나만 남겨두고 가지 말아요.' 실제로는 이렇게 말하고 싶었으나 호흡을 가다듬고 고인의 명복을 비는 기도문을 중얼거린다.

지금, 이 시각에도 수많은 임상 현장에서 임종을 접하며 임종 간호를 하고 있을 간호사들을 생각해본다.

“정말 좋은 일 하는 거예요. 복 많이 받을 거예요”라고 말해 주고 싶다. 대견하다고 꼭 안아주고 싶다.

02
정말 예뻐요

외과 병동에 근무할 때는 여러 암 환자들을 만나게 된다.

병원 규모가 커질수록 암의 종류도 분류되어 같은 암 환자끼리만 같은 병동에 입원하게 되지만, 20년 전 내가 근무하던 병원에서는 수술 후에는 모두 외과 병동에 입원하였다. 그래서 다양한 암종의 환자들을 만났다. 암의 종류와 단계에 따라 예후도 치료법도 다르지만, 수술만으로 치료가 되는 경우는 불행 중 다행이라고 해야 하나.

복부에 인공항문인 *장루를 만드는 것은 환자나 보호자에게 크나큰 충격일뿐더러, 하루아침에 생기는 외모의 변화를 쉽게 받아들이기란 어려운 일이다. 인공항문을 가지고 산다는 것은 심리적으로 위축이 되고, 여러 가지로 불편하며, 제약을 받으나 대장암, 직장암 환자에게는 암 수술을 하며 장루를 만들어야 하는 상황이 최선일 때가 있다.

외과 병동 수간호사로 근무하던 중 자주 만나게 되는 장루 환자에게 더 전문적인 간호를 제공해야 한다는 책임감이 생겼고 체계적으로 공부해야겠다는 생각이 들었다. 요즘은 장루 전담간호사나 상처 전담간호사가 병원마다 있어서 상처 드레싱, 장루 주머니 교환 등과 관련된 장루 교육을 하고 있지만, 20년 전에는 장루 주머니 교환을 의사가 하고 나서 문제가 생겼을 때(간혹 주머니가 떨어지거나 터지는 경우), 장루 전문과정을 이수한 간호사가 근무하면 다행히 문제를 해결하지만 그렇지 않을 경우는 어떻게 해야 할지 난감하였다.

그래서 몇 주 동안 타 대학병원에서 진행하는 교육과정을 다니며 공부하였다. 과정 자체도 길고 마지막에 시험까지 치러야 하는 쉽지 않은 과정이었지만 '장루 간호 수련 과정'을 1998년 4월에 수료하였다. 문제는 그다음부터였다.

장루를 가진 입원 환자들의 장루 관련 문제는 모든 병동에서 나에게 연락을 하는 것이었다. 내가 홍보를 너무 잘했나 보다.

첫 과정을 수료하고 환자에게 직접 장루 주머니 교환을 해 주었을 때, 동그랗고 붉은 장루를 닦아내며 "이렇게 예쁜 선홍

색을 띠고 있는 것이 장루의 좋은 상태를 의미하는 거예요"라며 우울해하는 환자들이 거부감을 덜 느낄 수 있도록 예쁘다는 표현을 많이 썼다. 실제로도 붉고 촉촉한 장루는 예뻐 보였다. 얼굴을 가까이 대고 상처를 닦아낼 때도 이상하게 변 냄새가 나질 않았다. 원래 나는 후각이 아주 예민해서 '개 코'라는 별명이 있는데도 말이다.

그런데 점점 다른 병동 환자들의 장루 교환까지 나에게 의뢰를 하니 난감하였다. 환자들과의 공감(rapport)도 없이 장루 관련 업무가 고정으로 추가될까 걱정스러웠다. 그래서 다른 병동 간호사들에게 "웬만하면 자체 해결하라"라고 우스갯소리도 하였다. 아직도 환자들의 장루를 만지며 주머니를 교체하던 그때가 떠올려지면 예쁜 선홍색의 볼록한 장루가 기억날 뿐, 냄새에 대한 기억은 없다. 분명 냄새가 나긴 했을 텐데 말이다.

정형외과의 이 교수님은 늘 활기찬 모습으로 병동을 다니시며 가끔 수간호사실의 문을 두드려 "김 선생, 커피 한잔할 수 있어요?"라며 차를 마시고 병동의 여러 문제도 들어주시면서 전공의들과 어려운 문제도 해결해 주셨다. 그는 매일 아침 헬스장에서 한 시간 이상 운동을 한다며 건강을 자랑하셨던 분이었다. 그랬던 그가 대장암 진단을 받고, 내가 근무하는 병원에서 수술을 받으며 장루를 만들게 되었다.

늘 활기차고 건강한 모습이셨는데, 수술 후 교수님을 찾아뵈었을 때 그는 "이거 일시적으로 하는 거래요. 다시 복원 수술해야지"라며 장루에 대해 불편한 마음을 보이셨다.

몇 개월이 지나 이 교수님이 다시 입원하셨단 소식을 들었을 때 그는 장루 복원 수술을 하러 오셨다고 했다. 그러나 며칠 후 어이없게도 그의 부고 소식을 들었다. 장루 복원 수술 중 불의의 상황으로 고인이 되셨다고 했다. 조금 불편하더라도 수술 안 하고 그냥 계셨으면 돌아가시진 않았을 텐데, 너무도 안타까운 마음이었다. 늘 나의 상황을 지지하고 응원해 주셨던 고인의 명복을 다시 한번 빌어본다.

'교수님 저 드디어 학위도 땄어요. 그리고 하고 싶던 대학에서 학생들 가르치는 일도 하고 있어요. 커피 한잔하며 말씀드리고 싶었는데…'

*장루 : 복부 밖으로 장관을 꺼내어 장 내용물 배출을 목적으로 만든 인공적인 개구부를 말함. 모양은 동그랗거나 타원형이며 점액이 분비되어 항상 촉촉하고 모세혈관의 분포로 붉은색을 띰.

03
병원파업과 붉은악마

2002년은 우리나라 축구가 월드컵 4강에 진출한 역사적인 해로, 거리마다 붉은 악마들이 넘쳐나고 모든 사람이 흥분의 도가니 속에 흥에 겨워하던 때이다. 집에서는 우리 가족도 모두 붉은 티셔츠를 입고는 빨간 응원 방망이를 두드리며 TV 앞에 모여 앉아 "대한민국~"을 외치곤 하였다.

그해 같은 시점에 내가 다니던 병원과 의료원은 파업을 시작했다. 200일 넘는 긴 기간 동안 노사는 타협점을 찾지 못하고 파업은 지속되었다.

파업을 시작하게 된 발단이 무엇이었는지 지금은 기억도 나지 않는다. 지금이야 파업이 예고되면 파업 상황에 대비하는 비상대책을 꼼꼼히 수립하고 만약의 사태에 대비하여 시나리오별로 준비를 해두지만, 그때는 "이렇게 많은 환자가 입원해 있는데 설마 간호사들이 한 명도 출근 안 하려고? 말도 안 되지!"라며 충분한 대책을 마련하지 못했었다. 파업이 예고되었던 5월, 나는 밤 근무자들을 초조하게 기다리는 것밖에는 할 수 있는 일이 없었다. 몇 명은 문자로 출근하지 못함을 알려 왔다. 그래도 설마 내가 믿었던 후배는 출근하겠지 했는데, 그 역시도 출근 시간이 다 되어서 죄송하다며 못 온다는 문자만 보내왔다.

눈앞이 하얗게 변하며 아무 생각도 나지 않았다. 낮 근무를 마친 간호사 중에도 파업 농성장으로 가려고 서두르는 친구만 있을 뿐, 밤 근무를 할 사람은 아무도 없었다.

44명의 병동 환자들을 나와 아직 발령받지 않은 간호사 둘이서 감당해야 했다. 옆 병동의 상황도 우리와 비슷하여, 수간호사 두 명과 신규 간호사 두 명, 이렇게 넷이서 한 층에 90여 명에 가까운 환자를 돌봐야 했다. 다행히 수술 후 회복 환자들이 대부분이어서 레지던트를 비롯한 스태프 의사들의 도움으로 기본적인 업무를 해결할 수 있었다.

나는 그날 데이와 이브닝, 나이트 근무까지 마치고 다음 날 오전에 퇴근했던 것으로 기억한다.

그 후 파업은 해결의 실마리를 찾지 못하고 오랜 기간 지속되었으나, 병원 측은 환자들의 진료에 지장이 가지 않도록 나름대로 대책을 세웠고 남아 있는 직원들 모두는 힘을 합쳐 이 상황을 잘 극복할 수 있도록 최선을 다했다.

그때 이후론 노사 간의 파업 관련 규칙이 성숙하게 발전되어 만약의 파업 상황이 와도 필수 의료인력은 남겨두고 파업에 참여하는 기준을 만들었다. 긴 기간 동안 파업을 통해 병원과 의료원은 엄청난 손해를 입었고, 직원 간에도 보이지 않는 벽이 생겨 서로가 한동안 힘들어했다. 한 팀으로 일했던 동료끼리 서로 다른 신념으로 반대편이 되어 대치하는 상황은 너무도 불편했다.

자신의 권리를 주장하는 것이 잘못되었다고 말하는 것은 절대 아니다. 나 또한 조금이라도 손해 보는 일은 피하게 되는 것이 사실이다. 그러나 병원이라는 특수한 현장에서의 파업은 좀 더 신중하게 판단해야 한다고 생각한다. 만약에 나와 가족이 병원에서 치료를 받는 중에 병원 직원의 파업으로 치료에 지장이 생긴다면 과연 이해할 수 있을지 생각해 본다.

오랜 기간, 노사가 서로의 마음에 상처를 주고 서로 고통받았을 생각을 하니 마음이 아프다. 그 이후로 많은 시간이 흘렀고 이제는 그러한 일들을 발판삼아 많은 것들이 개선되었다.

그 해, 나도 붉은 악마가 되어서 광장에서 서로 어울려 우리나라 축구선수들을 응원하고 함께 소리치며 기뻐하고 싶었는데 그러질 못했다. 그리고 이상하게도 월드컵 4강에 관한 기사나 이야기만 나오면, 아무도 출근하지 않았던 그 날의 파업에 대한 기억이 겹치는 것은 왜일까?

04
서대문 형무소

서대문형무소는 일제 강점기 시절 항일 운동가들을 투옥하기 위한 시설로 세워졌고, 건설 초기에는 약 500명을 수용할 수 있는 시설로 지어졌으나 1944년 2,890명까지 수용되었다고 한다. 유관순 열사는 독립운동을 하다 이곳에 갇히셨고, 18세의 나이로 이곳에서 생을 마감하셨다. 그 이외에도 서대문형무소는 우리의 아픈 역사를 고스란히 담고 있어 학생들의 견학 장소로 손꼽히는 곳이다.

내가 수간호사이던 시절 간호사들은 자신의 업무시간 이외에도 요셉의원이나 장애인시설 같은 곳으로 봉사를 나가곤 하였다. 봉사는 자신이 비번일 때 본인의 휴가로 가는 것이어서 조금은 반강제적인 면도 있었던 것 같다. 요즘 상황에서는 도저히 이렇게 할 수 없을뿐더러, 해서도 안 되는 일이다.

나는 우리 병동 간호사들과 지인인 신부님께서 추천해주신 마포의 장애인 거주 시설로 꽤 오랫동안 봉사를 나갔다. 매주 평일 2~3명의 간호사가 그곳에 가서 노력 봉사를 하였다. 하루 비번인 간호사가 3~4명인데 그중 2~3명이 봉사를 나간다는 것은, 결코 쉬운 상황이 아니었다. 어려운 상황 속에서도 묵묵히 따라 주었던 간호사들에게 너무도 감사하다. 나는 한 달에 한두 번 간호사들과 함께 봉사에 참여하였다.

우리가 봉사활동을 했던 장애인 거주 시설에는 10대에서 20대 초반까지의 지적장애인 여성 20여 명이 지내고 있었다.

봉사자들은 식사 봉사를 하거나 볼펜의 완성품을 만드는 작업인 볼펜 심과 스프링을 끼우는 직업 재활을 도왔다. 온종일 주방에서 보조하는 일도, 볼펜 심과 스프링 끼우는 일도 만만치 않게 힘이 들었다. 그들의 눈높이에 맞는 대화를 해야 하고, 서로 다툴 때는 중재를 해주어야 하며, 화장실을 갈 때는 거들어 주어야 했다. 지적장애인이면서 신체장애를 동반한 친구들도 있었기 때문이었다.

나를 포함하여 3명이 봉사를 나갔던 그 날은 이 시설의 자매들을 데리고 견학을 나가는 날이라고 하였다. 보통은 견학할 때, 구청에서 지원을 받아 단체로 차량을 이용하는데, 이날은 차량 지원 없이 대중교통으로 가게 되었다며 봉사자들의 도움이 절실히 필요하다고 하였다. 그날, 우리가 갔던 곳이 바로 서대문형무소였다.

거주 시설 책임자를 비롯한 봉사자들이 20여 명의 친구를 데리고 그것도 지하철을 환승 해가며 그곳까지 가는 것은 큰 난관이었다. 몇 명은 손을 잡고 간다고 해도 그 외 친구들은 걸음도 느리고 주의가 산만하여 길을 잃기 쉬울뿐더러 지하철 안에는 사람들도 제법 있어서 함께 간 친구들을 살핀다는 것이 쉽지 않았다.

서대문형무소에 도착하였을 때 나는 이미 기진맥진 지친 상태였다. 아마 다른 간호사들도 그랬을 텐데 아무도 티를 내지는 않았다. 그렇게 역사적인 곳을 어떻게 견학했는지 장소에 대한 기억은 전혀 나지 않을 정도로 사람 챙기기에 급급했다. 한 명이 화장실을 다녀오면 또 한 명이 가겠다 하고, 배가 고프다며 간식을 달라고 떼를 쓰기도 하며, 서로 말다툼도 끊임없이 이어졌다. 혹시나 안전사고가 나지는 않을까 한 명 한 명을 챙기느라 신경이 매우 예민해졌다. 다행히 그날의 견학은 특별한 이벤트 없이 잘 마무리되었다.

바짝 마른 입술로 집으로 오는 지하철에 탄 나는 머릿속은 텅 비고 몸은 물먹은 솜처럼 무거웠다. 집에 오니 학교에서 돌아온 아들이 공부하고 있었다.

"선우야 공부하고 있었어? 공부 안 해도 돼 좀 쉬어"

요즘 사춘기로 조금 마음을 힘들게 하는 아들이 오늘은 더없이 고맙게 느껴진다.

'건강하게만 자라다오'

그동안 내가 너무 감사한 걸 모르고 지냈다는 생각이 들었다.

그 이후로 나는 서대문형무소를 한 번 더 방문할 기회가 있었다. 그때는 그곳에서 어렵게 수감생활을 하셨던 독립운동가들의 발자취를 느끼며 숙연해졌다.

봉사활동을 긴 시간 동안 지속할 수는 없었다. 그래도 거의 일 년 가까이 봉사를 할 수 있었던 건 모두 동료 간호사들의 도움 덕분이었다. 다시 한번 그들에게 감사했다고 인사하고 싶다.

봉사의 뜻을 사전에서 찾으니 〈국가나 사회 또는 남을 위하여 자신을 돌보지 않고 힘을 바쳐 애씀〉이라고 나온다. 남을 위하여 자신을 돌보지 않고 힘을 바치는 봉사가 누군가를 돕는 것으로 생각되겠지만, 결과적으로는 우리 자신을 더 깨우치게 만들어 나 자신을 돕고 있다는 생각이 들었다.

05
동기와의 이별

같은 학교를 나오고 같은 병원에 근무했던 동급생 동기들이 여러 명 있지만, 수간호사로서 가깝게 지냈던 동기는 몇 안 된다. 그들과는 함께 휴가를 받아 여행도 가고 찜질방도 가고, 가끔 저녁도 먹고 노래방도 갔다. 일의 고충도 비슷하여, 서로 이야기하고 의지하며 가깝게 지냈다.

하늘나라로 먼저 간 친구는 홀어머니 밑에서 무남독녀로 자랐고, 근검절약이 몸에 배어있는 짠순이였으며 자기를 꾸밀 줄도 몰랐다. 그래도 직장 여성인데 가끔 지름신이 내리면 옷도 사고 가방도 사며 이런저런 자신을 위한 작은 사치를 하게 되는데, 그 친구는 사치는커녕 새 옷을 사 입는 것도 본 적이 없고 심지어 함께 식사할 때도 얄밉게 밥값을 내지 않아 가끔 눈총을 받기도 하였다.

"남편도 교사이고 너도 일하는데 뭐야. 이 구두쇠! 다음엔 네가 저녁 사! 네가 사는 밥 좀 먹어보자"라며 가끔 밉지 않게 쏘아붙일 때도 있었다.

그랬던 그녀가 일 년 전쯤 부서 이동을 했고, 만날 때마다 주먹으로 자신의 등을 두드리며 등이 아프다고 하였다. "너무 신경을 써서 그런가? 어깨도 아프고 등도 아프다"라던 그녀에게 동기들은 "그래 부서 이동 후엔 신경 쓸 게 많지. 너무 무리하지 말고 몸 챙겨가며 일해"라며 대수롭지 않게 넘겼다.

통증이 계속되었던 그녀는 이런저런 검사를 받게 되었고, 놀랍게도 위암 3기라는 진단을 받았다. 바로 수술을 하고, 항암치료도 병행했다. 장기간의 치료로 휴직을 하고 치료에 전념했던 친구가 병원 진료를 보러 다녀갈 때도 동기들은 근무 중이라 신경 쓸 겨를이 없었고 그렇게 시간이 흘렀다. 시간이 흐를수록 가끔 외래에서 마주한 그녀는 점점 말라 갔고, 급기야는 집을 떠나 서울 근교의 공기 좋은 요양원에 머문다는 이야기도 들렸다.

그랬던 그녀가 갑자기 상태가 악화되어 입원했다는 소식을 들었다. 친구 몇 명은 바로 병실로 달려갔지만 몇 달 만에 마주한 그녀는 몰라볼 만큼 쇠약해져 있었다. 동기들은 가슴이 철렁 내려앉았고, 여명이 얼마 남지 않았다는 것을 모두 직감할 수 있었다. 그 뒤로 며칠 후, 그녀는 초등학생 아들과 3살짜리 딸아이를 남겨둔 채 그렇게 짧은 생을 마감하였다. 친구들 모두 그녀의 곁에서 임종을 지켰다.

"그리 짧게 살다 갈 것을… 그렇게 악착같이 살더니…"

동기 중 처음으로 친구를 떠나보내는 우리는 너무도 허탈하였고, 모두가 자매처럼 일을 도우며 장례를 치렀다.

그 친구의 사십구재에 맞추어 산소에 한번 가자고 다른 친구가 제안하니, 모두 약속이나 한 듯 휴가를 받고 각자 자신이 챙길 것들을 말없이 가지고 오는 동기들과 함께, 친구가 잠들어 있는 그곳에 가서 고인을 추모하였다. 한 친구는 전을 부쳐오고, 한 친구는 과일을 준비해오고, 또 다른 친구는 성가 책과 기도서를, 나는 돗자리를 준비하였다.

사십구재 날은 꽤 무더운 여름이었는데, 우리는 그녀가 있는 안성 천주교 공원묘지로 향했다. 친구의 묘소 쪽에는 유난히 묘지와 묘지 사이의 간격이 좁아 보였는데, 그 좁은 곳에 돗자리를 펴고 다섯 명이 쪼그리고 앉아서 땀을 줄줄 흘려가며 기도를 하고 성가를 부르고 음식을 나누어 먹으며 그녀에 관한 이야기를 나누었다.

"○○야~ 양옆에 오빠와 어린 남동생이랑 같이 있어서 외롭진 않겠네." 친구의 묘 양쪽에 있는 묘비의 뒷면을 보고 그래도 덜 외롭겠다고 생각하였다.

벌써 20년도 더 지난 일이 되었네. 그 친구는 천국에서 잘 지내고 있겠지. 그때 꼬마이던 아들은 잘 자라서 국내 유명대학에 진학했다는 소식을 들은 지도 벌써 오래전 일이다.

그 이후로도 건강검진을 받은 직원 중 암이 발견되어 치료를 받거나 휴직하는 경우를 종종 보았다. 환자를 돌봐야 하는 의료인이 환자가 되는 모습을 보는 것은 더욱 가슴 아픈 일이다. 자신의 몸이 보내는 이상 신호를 빨리 알아채어 늦지 않게 검사를 받아보는 것이 중요하고, 건강검진을 받을 때는 걱정이 되는 여러 항목을 함께 스크리닝하는 것이 필요하다. 특히 가족력이 있는 사람은 더더욱 자신의 몸을 돌봐야 한다.

언제 친구를 만나러 갈지는 모르겠지만 사는 동안에는 건강하게 아프지 말고 지낼 수 있도록 하자.

'동기들아, 우리 건강관리 잘 하자고'

06
수간호사의 시간

수간호사가 된 이후로는 오전 7시에 출근하여 오후 4시에 퇴근하는 상근 근무이다 보니 몸은 편했을지 모르겠지만 의외로 신경 쓸 것이 많아지고 업무 외에도 할 일이 많아졌다.

나는 병실 순회만은 가장 많은 시간을 할애하여 열심히 하였다. 아침 인수인계를 받은 후 회진을 돌고 나면 순회를 시작하여 거의 점심 식사 전까지 하였다. 스태프 간호사일 때는 시간이 부족하여서 하지 못했던 환자들과의 대화를 수간호사가 되어서 순회를 하며 원 없이 하였다. 다양한 환자들과의 교감이 나를 더욱 성숙하게 하는 데 도움이 되었다고 생각한다.

정형외과 병동 수간호사일 때는 환자의 머리도 많이 감겨 드렸다. 요즘엔 헤어샴푸용 튜브와 물주머니 등 시판되는 제품들을 사용하나, 이러한 제품이 나오기 전에는 방수포와 신문지, 양동이 두 개와 물을 뜰 수 있는 작은 바가지만 있으면 가능하였다. 학생실습 지도도 열심히 하였다. 학부 시절 성실하게 지내지 못했던 나의 지난날들을 반성이라도 하듯 학생들에게 "공부 열심히 하라"하며 꼼꼼하게 알려주려 하였고 친절하게 대했다.

병원 서비스 사내 강사로도 활동하였다. 전문 강사에 의한 서비스 매너 프로그램 과정을 이수하고, 모의 강의와 여러 준비를 거쳐 원내 직원들을 대상으로 서비스에 관련된 강의를 하는 것이다. 직원들은 한 번에 20~30명씩 수없이 많은 조로 나뉘어 나를 비롯한 사내 강사들의 강의를 들었다.

평소 알고 있는 직원들 앞에서 서툴게 서비스 강의하고 있는 모습은 지금 생각해도 끔찍하지만, 점점 시간이 지나고 차수를 거듭할수록 능숙해지는 모습을 보며 내심 뿌듯하고 자신감도 느끼게 되었다. 그때 병원장으로부터 받은 순금을 입힌 감사패가 벽장 한구석에서 반짝거리며 아직도 빛나고 있다.

수간호사는 원내에서 시행하는 QI 경진대회나 논문발표를 비롯하여 서울시 간호사회나 병원간호사회에서 하는 활동에도 적극적으로 참여해야 한다.

정형외과 병동에서 처음 수간호사 업무를 하게 되었을 때 〈동영상을 이용한 교육이 정형외과 수술환자의 자가간호 이행 정도에 미치는 효과〉라는 논문을 부서원들과 함께 썼었다. 운동 동영상을 만들기 위해 체육학과 학생을 섭외하고, 운동 프로그램을 만들고, 영상을 제작하고, 음성을 녹음하여 CD에 굽는 여러 과정을 간호사들과 함께하였다. 그리곤 환자들에게 컴퓨터를 이용하여 교육하였다.

세상이 많이 바뀌어 지금이야 촬영도 쉽게 할 수 있을 뿐 아니라 노트북이나 패드를 이용하여 환자의 침상에서 교육할 수도 있는데, 그때만 해도 거동이 불편한 환자를 모시고 나와 스테이션에 있는 커다란 컴퓨터에 CD를 넣어 재생시켜가며 교육을 하였다. 세상은 참 편리하게 빠르게 바뀌어 간다.

2008년에는 서울시간호사회에서 주최하는 간호 사진 공모전에 무릎관절 운동기계를 이용하여 환자의 무릎관절 운동을 격려하는 간호사 모습을 찍어 “조금만 더 힘내세요!”라는 제목으로 출품하여 은상을 받았다. 여러 기관에서 주관하는 공모전, 논문, 동영상 제작, 표어모집, QI 활동 등 주변을 살펴보면 할 일들이 너무도 많이 있다. 이러한 것들을 수간호사가 꼭 다 해야 하는 것은 아니지만, 여러 공모전에 참여함으로써 기관의 이름을 알리고 또 운이 좋으면 상도 받아서 좋으니까 안

할 이유가 없다.

하나에 관심을 가지고 하다 보면 다른 곳엔 또 어떤 것이 있는지 궁금하여 찾게 되고, 이러한 과정을 거치다 보면 분명 배우고 얻는 것이 있을 것이다.

무모한 열정만 많았던 수간호사를 만나 업무 외의 일을 하느라 고생했던 그때의 간호사들은, 20년이 훌쩍 지난 지금까지 아무도 그만두지 않고 병원 요소요소에서 중추적인 역할들을 하고 있다. 너무도 감사하고 고마운 일이다.

그중에는 팀장이 된 친구, 수간호사가 된 친구, 정맥 전담간호사로 활약하는 친구, 또 각각의 다른 부서에서 시니어 간호사로서 부서의 중추적인 역할을 하고 있다. 내가 함께 일했던 간호사 중에서 아직 병원에 근무하는 친구들을 모두 꼽으면 몇백 명은 될듯하다. 코로나만 아니었으면 퇴직할 때 모두 모아서 밥이라도 한번 먹고 싶었는데 그러질 못했다.

모두 건강하고 행복하게 지내길 기도할게요! 제 모든 힘을 모아 여러분을 응원합니다.

07
마법의 손

간호부 주관으로 발 마사지 강사분을 섭외하여 이론과 실습을 거쳐서 발 마사지를 이해하고 배울 수 있는 과정이 있었다. 나는 가끔 휴가 갔을 때 휴양지에서 받아보았던 마사지가 얼마나 편안하고 좋았던가를 떠올려 보며 신청하였고, 배운 것을 나에게 해보거나 가족들에게 해주면 얼마나 좋아할까 하는 생각에 시작부터 흥분되었다.

과정은 생각보다 어렵지 않았고 마사지를 할 때 필요한 몇 가지 도구들을 먼저 구매하였다. 그렇게 발 마사지를 배우고 며칠 후 마침 내가 휴가인 날에 시험을 마치고 집에 온 아들에게 발 마사지를 해주겠다고 제안하니 아들은 흔쾌히 그러라고 하였다. 나는 신이 나서 물을 데우고 양동이에 따뜻한 물을 받아 양발을 담그게 하고 정성껏 씻긴 후 마사지용 오일과 지압봉을 이용하여 마사지하기 시작하였다. 발과 종아리 아래쪽을 부드럽게 손으로 마사지하다 지압봉으로 발바닥의 지압점을 자극하기도 하고, 순환을 돕기 위한 발가락 잡아뽑기 등도 하며 배운 순서대로 마사지를 시행하였다. 양발의 마사지를 마치고 나니 아들의 발은 뽀얗고 야들야들해졌고 아들도 "발이 후끈해지고 혈액순환이 잘 되는 것 같다"라며 좋아하니 나도 무척 흡족하였다.

문제는 그 이후에 발생하였다. 퇴근하여 아들의 방문을 열어보았던 남편의 표정이 좋지 않다. 책상에 앉아 졸고 있는 아들을 보더니 "이번 주 계속 기말고사여서 오늘도 시험공부 해야 하는 애한테 당신은 생각 없이 무슨 짓을 한 거냐" 물었고, 발 마사지를 해주었다는 나의 이야기를 들은 그는 "애가 긴장이 풀려서 졸고 있다"라며 나를 나무랐다.

그 이후로 가족들에겐 단 한 번도 발 마사지를 한 적이 없다. 병실 순회를 하다가 발 마사지가 필요할 것 같은 환자를 만나면 해드리겠다고 한 후 배운 솜씨를 뽐내며 해 드렸다.

오래전 선종善終하신 김 주교님은 간경화와 복수로 하루에 2~3리터씩 복수를 뽑으며 알부민 주사를 맞는 것 외에는 거의 모든 시간을 누워 계셨다. 온종일 누워는 있으나 잠을 자고 싶어도 푹 주무시지 못하셨다. 주교님께 발 마사지를 해드리겠다고 한 후 오후 시간 병실에 들러 발 마사지를 해드렸더니, 너무 시원하고 좋으셨다며 혹시 시간이 된다면 매일 해줄 수 없냐고 하셨다. 그러시면서 "너무 염치없는 것 같은데 매일 그 시간이 기다려져요"라고 말씀하시며 수줍은 미소를 지으셨다.

주교님께 발 마사지를 하기 시작하면 시작한 지 얼마 지나지 않아 아기처럼 아주 편안한 모습으로 잠이 드셨다. 주교님의 발은 많이 부어있었고 피부 또한 약해져 있어서 지압봉을 쓰지도 않고 그리 세게 압력을 가하지도 않았건만 발 마사지가 효과적이었는지 이내 잠이 드셨다. 내 손이 발에 닿으면 상대방을 잠들게 하는 특별한 기술이 있었나 보다.

한참의 시간이 흐른 후 주교님께서 선종하셨다는 소식을 전해 들었는데, 이후 다른 부서로 이동한 나를 찾아온 비서분께서 감사했다는 인사와 함께 주교님의 이름이 새겨진 나무 묵주를 전해 주셨다. 아직도 나는 기도할 때마다 그 묵주를 사용하고 있다.

그 후에 외과 병동과 VIP 병동에서 근무할 때도 마사지가 필요할 것 같은 환자분들을 만나면 발 마사지를 해드리겠다고 하며 마사지를 많이 해드렸다. 대한 간호협회에서 주관하여 전국적으로 진행하는 행사이기도 한, 매년 10월 4일에 개최되는 천사데이에서도 환자들에게 손이나 발 마사지를 해드리는 시간을 많이 가졌다.

가끔은 쭈그리고 앉아서 내가 나의 발을 마사지해 본다. 자세가 그리 편치 않아 마사지를 오래 하기는 어렵지만 그래도 지압봉으로 배운 대로 발바닥의 지압 점을 누르면 너무 시원하고 몸이 편안해진다. 마사지가 다 끝나고 나면 양쪽 발이 후끈후끈 열이 나며 야들야들한 핑크빛이 감돈다. 이러다 나도 마법의 손 덕분에 바로 잠드는 거 아니겠지.

갱년기가 시작되던 무렵 한동안 불면증으로 힘들었던 때, 나는 잠자리에 들기 전에 나의 발 마사지를 꾸준히 하였다. 마법의 손 덕분이었는지 불면증은 나도 모르게 없어졌다.

발 마사지는 정말 배우길 잘했다.

08
유방암 자가검진

외과병동 수간호사로 근무할 때는 여러 종류의 암으로 치료받는 환자분들을 만나게 된다.

유방암을 제외하고는 암에 걸리는 분들의 연령대가 지긋하신 분들이 대부분인데 유독 유방암 환자들은 내 나이 또래이거나 더 젊은 여성 환자분들이 많았다. 암의 유발요인은 암종마다 정확하게 밝혀졌다기보다는 호발 요인으로 이야기하고 있으며, 요즘은 다양한 유전자 검사로 미리 본인의 암 발생의 요인을 알아보기도 한다.

유방암의 경우 전체 유방암의 5~10% 정도가 유전과 관련이 있다고 하여, 유명 배우인 안젤리나 졸리는 본인의 유전자 검사를 통해 예방적으로 양쪽 유방절제술을 받았다고 한지도 벌써 오래전 일이다.

지난 20년간의 주요 5대 암의 증가가 2.47%인데 반해 유독 유방암은 4.10%로 유방암 환자의 증가가 눈에 띄게 높다. 유방암을 진단하기 위해 여러 검사가 있지만, 기본적으로 하는 진단 검사 중에는 유방 초음파와 유방 촬영술이 있다.

우리는 흔히 유방암은 자가검진을 통해 스스로 발견할 수 있는 암이라고 말한다. 스스로 자신의 가슴을 관찰하고 만져보며 변화를 감지하는 것으로, 매월 자가검진을 하는 것이 좋다. 나도 가끔은 자가검진 방법대로 촉진을 해보는데 명확하게 구분하기가 어렵다. 갈비뼈인지 근육인지 종양인지를 구분하기가 어려워서 몇 번 해보다가 포기하곤 하였다.

그런데 외과 병동에서 유방암 환자들을 만나 이야기를 나누다 보면 자연스럽게 "처음에 어떻게 암을 발견하게 되었어요?"로 시작하여 "제가 한번 종양을 만져봐도 될까요?"까지 이르게 되어 촉진할 기회가 많았다. 확연히 종양은 갈비뼈나 근육과는 다른 촉감과 모양이었다. 이제는 어느 정도 구분하여 알 수가 있다. 증상이 없어서 암이 진전된 후에야 발견되는 다른 암에 비해 자가검진법만 잘 실천하여도 조기에 유방암을 발견할 수 있으니 모든 여성이 실천할 수 있으면 좋겠다.

유방암 이야기를 하자니 몇 년 전 하늘나라로 간 선배 언니가 생각난다. 나보다 일 년 선배인 그녀는 결혼도 하지 않은

싱글이었는데, 매우 여성스럽고 본인의 외모에도 신경을 굉장히 많이 쓰던 수간호사 선배였다. 몸에 해로운 것은 절대 먹지 않고, 함께 하와이로 10일간 연수를 갔을 때도 직접 가져온 반찬으로 한식만을 즐기던 그녀가 어느 날 유방암 진단을 받았다. 그녀는 수술 후에 힘든 항암치료와 방사선치료를 오랫동안 받았고, 몇 년이 지나고 힘들다는 유방 재건술까지 받았다.

치료가 끝나고 몇 년 후, 그녀는 다시 근무하기 위해 복직하였다. 복직하였으니 완치된 것 아니냐고 생각했지만, 혹시라도 일에 치여 너무 스트레스받지는 않을까 걱정이 되었다. 그리고 그녀의 유방암이 폐로 전이된 것을 발견한 것은 몇 년 후의 일이었다. 그녀는 입. 퇴원을 반복하다 마지막에는 호스피스 병동으로의 입원을 끝으로 하늘나라로 떠났다. 임종 전까지도 흐트러짐 없는 모습으로 예쁘고 깔끔하게 있어서 그렇게 빨리 임종을 맞이하게 될 줄은 몰랐다.

'언니 잘 지내고 계시지요? 항상 예쁘고 여성스럽던 언니~
그곳에선 아프지 않고 마음 편히 계세요~'

건강검진과 자가검진은 모두 열심히 실천하면 좋겠다. 다른 누구도 아닌 자신의 건강을 위해서 말이다. 이 책을 읽고 있는 독자 중에도 방송 매체나 홍보물을 통해 <핑크리본 캠페인>

에 대해 들어본 적이 있을 것이다. 병원에 갔을 때 의사나 간호사들이 가슴에 핑크리본을 달고 있는 모습을 본 적도 있을 것이다.

〈핑크리본 캠페인〉이란 한국 유방 건강재단을 중심으로 여성의 유방 건강 인식 향상을 위해 하는 일련의 활동을 말한다. 핑크리본 캠페인을 통해 유방암에 대한 인식을 개선하고 조기 발견의 중요성을 알려서 건강을 실천할 수 있도록 하는 것이다.

건강을 지키는 생활 속 행동 지침 3가지인 정기적 검진, 규칙적인 운동, 올바른 식습관을 실천할 수 있도록 모두 노력하면 좋겠다.

09
죽음 준비

인간은 누구나 태어나고 죽는다. 그러나 그 누구도 본인의 죽음에 대해 심각하게 생각해보지 않았을 것이고 또, 생각하고 싶지 않은 것이 모두의 마음일 것이다.

오래전 병원 관리자 연수프로그램에서 '죽음체험'이란 것을 해보았다. 깊은 산속 인적이 드문 곳에 있던 연수원에서 깊어가는 밤에 불을 모두 끄고 촛불만 켠 채 유서를 써보게 하고, 입관 체험도 하였다. 실제 크기의 관에 직접 들어가 누워보니 너무도 비좁고 답답하게 느껴졌다. 폐소공포증이 있는 나는 연수 진행을 돕는 선생님들께 구구절절 "저는 폐소공포증이 있으니 관뚜껑을 덮지 말아 주세요"라며 부탁하였다. 관뚜껑을 덮고 못을 박는 것처럼 관을 쾅쾅 내리치는 것까지 한 이후, 그 안에서 사색을 하도록 프로그램이 짜여 있었다.

'이렇게 되는 거구나' 하며 사색을 시작하려는 그때 누군가의 관속에서 핸드폰이 울렸다. 누군가는 기어코 그 속에서 핸드폰을 받는다. 부인인듯한 분이 "거기 어디야?"라고 물으니 누군가는 "여기 관 속인데"라며 기어코 답변하여, 더 이상의 사색은 이어지질 않았다. 주위가 너무 조용하여 핸드폰을 통한 통화음이 모두 들렸다. 대부분 40대였던 연수생들에게 죽음이란 것이 절실하게 와닿지는 않았던 것 같다.

병원은 생의 탄생과 마감이 이루어지는 곳으로서 근무하며 많은 환우의 죽음을 마주하였다. 아마도 간호사 대부분은 신생아실 간호사를 제외하고 나와 비슷한 상황일 것이다.

얼마 전 '밀라논나'로 유명한 장명숙 님께서 "나이가 들어가니 죽음에 대해 생각하지 않을 수가 없다. 그래서 모든 것을 간소하게 정리하며 살려고 한다."라는 이야길 하시는 것을 들었다. "내가 살아있을 때 가지고 있던 물건 중에서 나누어 줄 수 있는 것은 나누고, 최소한의 것만 가지고 살려고 노력한다."라고 하셨다. 매우 공감이 가는 이야기로 나도 실천해보고 싶지만 덧없는 욕심으로 잘 이루어지지는 않는다.

내가 죽은 이후 누군가는 나의 유품을 정리해야 하는데, 모든 것을 일목요연하게 정리해 두고 사용하던 물건이며 옷도 최소한으로 하여 정갈하게 남길 수 있으면 좋겠다.

내가 만났던 그녀는 내 나이 또래인 40대 초반으로 간경화가 진행되어 간암 진단을 받았는데, 수술이나 항암치료의 대상도 될 수 없는 안타까운 상황이었다. 어느 날 병실 순회를 하던 나는 그녀가 작은 녹음기를 이용하여 무언가를 녹음하고 있는 것을 목격하였다.

"제가 방해한 것 같은데 나갈까요? 죄송합니다."라고 하니 그녀가 "아니어요. 이제 오늘은 그만하려고 했어요"라며 뒤돌아 나가려는 나를 붙잡는다.

그녀에게는 초등학생인 딸이 두 명 있는데, 그녀는 딸들에게 하고 싶은 말을 녹음하는 중이라고 하였다. 딸이 처음 생리를 하게 되면 해주고 싶은 말, 결혼할 때 해주고 싶은 말, 아기 낳기 전에 해주고 싶은 말이라고 하였다.

"그때마다 엄마가 많이 필요할 텐데 저는 그때 없잖아요…" 라고 말하며 쓸쓸한 웃음을 지어 보였다.

엄마로서의 사랑이 진하게 느껴지고 마주할 현실이 너무도 서글프다. 병마와 싸우는 힘든 과정에서도 본인 생각보다는 남겨질 가족과 딸들을 생각하며 그들을 위해 할 수 있는 최선의 것을 준비하고 있는 그녀가 존경스러워 보였다.

그 이후, 그녀를 다시 만나진 못했다.

그녀의 남겨진 딸들도 이젠 30세가 훌쩍 넘었겠다. 필요할 때마다 엄마가 남긴 사랑의 메시지를 듣고 잘 성장했을 거라고 믿고 있다.

10
해외학회 가자

병원에 있다 보면 의사인 교수들은 일 년에 두세 번 이상 해외학회를 간다. 이번엔 런던으로, 이번엔 뉴욕으로, 이번엔 동경으로 다녀왔다며 공항에서 산 초콜릿을 꺼내 놓기도 한다.

간호사는 해외학회 갈 곳이 없나 하고 찾아보게 된다. 그리고 '그런 기회만 오면 무조건 참여해야지'라고 마음먹었다.

그러던 중 책임간호사이던 시기에 대한간호협회에서 주관하는 간호관리자 행정연수 프로그램을 하와이에서 개최한다는 기사를 우연히 접하게 되었다. 지원자에게는 병원에서 일정 금액과 공가(公暇)를 지원해 주는 것도 있으며, 무엇보다 하와이이긴 하나 미국의 병원 견학과 실습도 할 수 있는 절호의 기회라는 생각이 들어 신청하였다.

하와이 하면 사계절이 여름 날씨이고 와이키키 해변은 전 세계 사람들이 선망하는 피서지라는 것 외엔 알고 있는 것이 별로 없었다. 그 시절엔 지금처럼 인터넷으로 조회해 볼 수도 없던 때였으니 말이다. 우리 병원에선 나 혼자 신청했으나, 국내 참가자는 모두 26명으로 대부분은 전국대학병원의 간호부장님 또는 팀장님들이었다. 다행히 학교 선배인 두 분이 다른 병원 대표로 참석하셔서 일정 내내 큰 도움을 받았다.

연수는 하와이에 거주하는 이민자이신 유재호 박사가 창립한 The Center for Asia-Pacific Exchange(CAPE)에서 주관하는 Management workshop for nurses로서 대한간호협회에서 의뢰되어 호놀룰루의 The Queen's Medical Center 간호대학 교수들과 간호부를 통해 진행되었다. 매일 아침 9시에 대학의 강의실에 모여 '근거중심간호'에 대한 강의를 듣거나, 관심 분야 병동에 나가 실습을 하는 과정으로 10일 동안 진행되었다.

나는 내가 근무하는 부서와 연관이 있는 정형외과 병동과 재활치료실을 실습했다. 병동에서는 교육 담당 코디네이터에 의해 오리엔테이션 및 교육이 진행되었다. The Queen's Medical Hospital의 정형외과 병동 수간호사가 나이도 제법 들어 보이는 남자 간호사였던 것이 기억난다.

우리나라도 2020년 간호학과 입학생의 남학생 숫자가 전체의 19.3%인 2,088명에 달한다고 하니, 곧 국내에서도 이런 모습을 볼 수 있는 날이 오지 않을까 싶다.

하와이로 관리자 연수를 다녀오고부터는 해외에서 하는 연수프로그램이나 콘퍼런스, 학회에 관심이 커지게 되었다.

그중 하나가 전 세계 간호사들이 모이는 국제간호협의회인 ICN(International Council of Nurses) 총회이다. ICN은 135개국 2,700만 명 이상의 간호사들로 구성된 단체로서, 1899년 설립된 세계 최초이자 보건의료 전문직 중 가장 큰 규모의 국제기구이다. ICN에서는 간호사의 역할확대, 간호 발전을 통한 인류건강증진 실현, 세계 보건의료발전 주도 등을 위해 활발한 활동을 펴고 있으며, 세계 간호사들의 학술축제로 불리는 총회(congress)와 콘퍼런스는 2년마다 교대로 열리고, ICN 의결기구인 각국 대표자 회의(CNR, Council of National Nursing Association Representatives)도 2년마다 개최된다.

우리나라는 1989년 제19차 ICN 총회와 CNR을 서울에 유치해 성공적으로 개최했으며, 2015년 ICN 콘퍼런스 및 CNR 또한 성공적으로 마쳤다.

4년마다 개최하는 총회의 이번 개최지는 캐나다 밴쿠버였다. 신청을 주저할 이유가 없었다. 개회식에서는 세계 각국의 참가자들이 자리한 가운데 각 나라의 간호협회장과 사무총장이 민속 의상을 입고 입장하면서 화려한 막이 오른다. 커다란 돔형 스타디움에 세계 각국에서 참여한 간호사들이 각 나라의 국기를 앞세우고 입장한다.

총회는 매회 주제를 가지고 열리며 개막식이 진행된 다음 날부터 다양한 학술행사가 개최된다. 학술 프로그램은 주제강연과 심포지엄, 워크숍 등 다양한 형태로 진행되며 세계 각국 간호사들이 준비한 논문 및 포스터 수백 편이 발표된다. 총회 동안 전시회도 열리는데 간호 용품과 간호학 도서 등 다양한 업체들이 참여하여 부스를 설치하고 제품을 선보인다. 그때 샀던 Diagnostic tests handbook과 Handbook of clinical skills는 소중하게 아직도 간직하고 있으며 때때로 뒤적여보며 그때를 추억하곤 한다.

또한, 견학 프로그램도 진행하는데 병원, 지역사회, Home care 등으로 나누어 참가자들의 신청을 받은 후 견학을 진행한다. 매일 아침 학회장으로 가서 관심 있는 주제의 강의를 듣다가, 부스도 구경하고 일정이 끝나면 밴쿠버 시내로 나와 거리를 돌아다녔다. 6월이라 캐나다의 아름다운 단풍을 볼 수는 없었지만, 가는 곳마다 엽서의 한 장면처럼 그림같이 아름다웠다.

그 이후로도 나는 대만에서 열린 23차 ICN 총회와 서울시 간호사회에서 주최하는 국제교류 사업의 하나인 동경 간호협회에 방문할 기회도 얻었다.

요즘은 학회 참가에 대한 원내 기준이 까다로워져서 접수한 논문의 구연 발표자로 선정이 되어야 학회 기간에 공가가 인정되고 지원금도 받을 수가 있다.

퇴직할 즈음에는 코로나로 인해 해외학회에 나갈 기회 자체가 막혀 있었는데, 퇴직 얼마 전 국제간호학술지에 발표한 논문을 보고 이미 퇴직한 지금에 와서 여러 국제학회에서 구연자口演者로 초청을 받았다. 뉴욕, 시카고, 두바이에서 열리는 국제학술대회였는데 퇴직한 지금은 혼자서 갈 용기와 욕구가 없다. 좀 더 일찍 그런 기회가 왔으면 좋았을 텐데 말이다.

찾아보면 해외로 나가 간호사들과 교류 할 수 있는 프로그램이나 학회가 제법 많으니 부지런히 검색해보고 참여하면 좋겠다. 병원마다 참여자를 지원하는 방법도 다양하게 있을 것이다. 최대한 그런 것들도 활용하고 받을 수 있는 혜택도 누리면 좋겠다.

11
시인을 만나다

그분의 시집과 수필집은 이미 여러 권 구매하여 읽고 좋은 문장은 줄을 그어가며 외워보려 노력하곤 하였다. 그렇게 유명한 분이 암으로 투병한다는 이야기를 기사로 접해 들은 지도 꽤 되었다. 마음으로나마 그분의 쾌유를 기원해 보았다.

그러던 어느 날, 내가 근무하는 병동으로 그분이 입원하셨다. 가까이서 그분을 뵙는다는 흥분을 가라앉히고, 마주했던 그분은 통증으로 너무도 괴로워하는 안쓰럽고 가여운 모습이었다. 오랜 항암치료로 많이 지쳐있었고, 합병증으로 인해 걸음을 잘 걷지 못할 정도로 양쪽 다리가 부어있었다.

수간호사였던 나는 매일 병실 순회를 하며 안부를 묻고 도움을 드릴 것이 없는지 살폈다. 그분은 대화를 나누는 것조차 힘들고 지친 듯 표정 없는 눈빛으로 고통스러워했다. 그렇게 찬란하고 아름다운 글귀로 많은 이들에게 기쁨과 위안을 주던 분이, 정작 본인은 저렇게 고통 속에서 힘들어하는 모습에 마음이 너무나 아팠다.

어떻게 하면 조금이라도 저 고통을 덜어주는 데 도움이 될까? 그분에게는 강력한 진통제가 여러 종류 처방되어 투여되고 있었지만 편안해 보이지는 않았다. 간호하던 언니에게 조심스럽게 물었다.

"발이 많이 붓고 아프신데 따뜻한 찜질과 마사지를 해드리면 어떨까요"

언니 되는 분은 그분에게 물어보고 답을 주겠노라고 하셨다. 하루가 지나고 다음 날 병실 순회를 할 때 언니가 말씀하셨다.

"한번 마사지를 받아보겠다고 하네요. 아프지 않게 잘 해주세요"

나는 머릿속이 복잡해지며 어떻게 발 마사지를 해야 할지 잠시 고민하였다.

"네 잘해보겠습니다."

나는 따뜻한 물과 수건, 마사지용 오일, 방수포를 준비하였다.

수건에 따뜻한 물을 적셔 짜낸 다음 다리를 감싸서 부드럽게 닦아 주었다. 그리고 물기가 마르고 난 뒤 오일을 손에 묻혀 아주 조심스럽게 다리를 마사지하였다. 행여 그분이 통증을 더 느낄까 걱정이 되어 안색을 살펴 가며 아주 조심스럽게 마사지를 하였다. 그리곤 다시 오일을 닦아내고 마무리하였다.

그분은 마사지 내내 눈을 감고 계셨고 어떠한 반응도 보이지 않아, 내심 속으로 괜한 것을 한다고 했나? 더 아프게 한 것은 아닌가 하는 걱정이 되었다. 그리고 효과가 있었는지도 의문이었다.

그렇게 어색한 그분의 발 마사지를 마친 이후 며칠이 흘렀고 그분은 조금씩 회복이 되어 퇴원하셨다. 그 후 외래를 다니시며 치료를 받은 그분은 완치가 되었고 몇 년 후엔 다시 왕성하게 시인으로 활동하는 모습을 방송으로 볼 수 있었다.

몇 년의 시간이 흐른 후 간호사를 위한 특강에 그분이 초대되어 오신다는 이야길 들었다. 건강해진 그분의 모습을 보기 위해 나는 특강 장소인 강당으로 향했다. 특강을 위해 단상에 선 그분은 몇 년 전 힘들고 지쳐 보이던 모습은 온데간데없이 활기차고 유머가 넘치며 건강해 보이셨다. 너무도 다행이다 싶었고 나도 그런 모습을 뵙게 되어 기쁘고 행복했다.

특강 시작부터 아름다운 시구를 소녀처럼 낭송하시며 우리의 감성을 자극하셨다. 시 낭송을 마치고 나서 그분은 간호사에 대한 특별한 기억이 있다고 하시며 당신이 투병할 때 겪었던 일을 말씀하셨다. 그때는 너무도 힘들고 아파서 모든 것이 귀찮았는데 어떤 간호사가 자신의 발 마사지를 해주었던 것이 기억난다고 하셨다.

'어머~ 내 이야길 하시는 건가?' 하며 갑자기 흥분으로 나의 얼굴이 빨갛게 달아올랐다.

모든 게 힘들고 귀찮으셨을 텐데 괜히 내가 마사지를 한다고 더 불편하게 해드린 건 아닌가 걱정했었는데, 설령 기억하시는 간호사가 내가 아니더라도 좋은 이미지로 간호사를 기억해 주시니 너무나 감사했다. 진심으로 환자를 위하는 마음을 가지고 간호를 한다면 방법이 조금은 서툴더라도 결국 그 진심이 닿아서 선한 마음이 느껴지는 게 아닐까 생각해 본다.

이후에도 그분이 완쾌 후에 낸 책들을 모두 구매하여 열심히 읽었다. 그분은 나를 모르겠지만 나는 그분과 매우 가까운 사이처럼 느껴져서 더 친밀감이 들었다.

오래오래 건강하게 지내시면서 아름다운 시(詩) 세상에 많이 남겨주시길 다시 한번 빌어본다.

12
호텔 벤치마킹

재직 21년 만에 의료원 소속의 다른 병원으로 전보가 되었다. 내가 다녔던 대학의 대운동장 자리에 우리나라에서 몇 손가락 안에 드는 대규모의 멋진 병원을 지어 일 년 후에 오픈을 준비하고 있었다. 집도 훨씬 가깝고, 대학원도 지척이고, 학교 도서관도 이용할 수 있고, 모든 환경이 전에 다니던 병원보단 나았는데, 이동하고 초반에는 다른 조직문화에 적응하느라 어려움을 겪었다.

거대 조직을 새로 꾸리다 보니 대규모의 직원들이 외부에서 한꺼번에 영입되었고, 또 직원들 모두가 모여 하나의 조직문화로 자리 잡기까지 그 후 몇 년의 시간이 더 걸렸다. 돌이켜보니 조직 내에서 사고가 유연하고, 새로운 것을 잘 받아들이고, 추진력이 있는 장점들이 눈에 띄기 시작하였고, 나도 서

서히 적응되어 갔다.

일 년여의 시간 동안 새로운 병원의 VIP 병동을 준비하였다. 새로 짓는 병원의 VIP 병동은 규모나 시설 면에서 내가 다녀보았던 어떤 호텔에 비하여도 뒤지지 않고 훌륭하였다. 영어의 호텔(hotel)과 병원(hospital)은 둘 다 라틴어 호스피탈리타스(Hospitalitas)에서 기원하고, 여행자에게 숙박을 제공하고 아플 때 정성껏 치료해 준다는 공통점을 갖고 있어서, 병원의 서비스를 이야기할 때 호텔과 많이 비교하게 되는데 그러한 이유로 호텔로의 벤치마킹도 필요하다고 생각하였다. 시설이나 규모뿐만 아니라 시스템, 인력들을 최고 수준에 맞게 준비하기 위해 큰 노력을 기울였다.

제출한 제안이 승인되어 드디어 병원 바로 앞에 있는 메리어트 호텔로의 벤치마킹이 진행되었다. 호텔에서 제공하는 서비스에 대해 교육 담당 매니저에게 강의를 듣고, 실제 돌아보며 관찰하고, 지내면서 느껴보았다. 해외여행이나 국내 여행을 다니며 여러 호텔에 숙박한 경험이 있지만, 놀러 다닐 때와는 또 다른 마음가짐으로 모든 것을 하나하나 배우려고 지켜보며 지냈고 또 다른 느낌으로 다가왔다.

수건 접는 법에서부터 병실 세팅, 주방 세팅 등에 대해서도 꼼꼼히 지켜보았다. 훗날 병실의 여러 물품을 세팅하는 데 많은 도움이 되었으며, 병실 청소 담당자분들에게 교육할 때도 활용하였다. 개원 이후에도 호텔의 서비스교육 담당자분들과 돈독한 관계를 유지하며 서로의 고충을 상담하고 도움을 받았다.

때때로 나의 경력을 이야기할 기회의 자리가 오면 나는 VIP 병동도 담당했다는 것을 자랑스럽게 이야기한다.

그럴 때면 "VIP 병동 간호사가 되려면 어떤 자격을 갖추어야 하나요?"라고 묻는 신규 간호사들이 있다. "VIP 병동 간호사가 갖추어야 하는 것은 외모와 예절보다, 간호사로서 업무에 대한 풍부한 지식과 경험을 바탕으로 한 직무역량"이라고 대답해준다. 다른 병동과 달리 모든 임상과의 환자가 입원하기 때문에 간호사의 역량은 더욱 중요하다. 그래서 신규 간호사는 배치가 어려운 것이 그 이유이다.

새 병원의 VIP 병동 인력을 구성할 때, 각 임상과의 중견 이상이 되는 직무역량이 뛰어난 간호사들을 추천받아 배치하였다. 그렇기에 VIP 병동 간호사들은 그 병원을 대표하는 간호사라고 말하기에 충분하다. 그렇게 멋진 간호사들과 함께 근무할 수 있었던 나는 정말 운이 좋았음이 틀림이 없다.

환경 또한 최상이었다. 호텔 로비같은 스테이션, 카펫이 깔린 복도, 복도에는 잔잔한 음악이 흘러나오고, 은은한 커피와 차를 언제든 제공하는 곳, 다른 병동에 비해 환자 수도 적을뿐더러 드나드는 사람도 엄격히 통제되고 있어 쾌적하였다. 병원의 제일 위층이라 전망 또한 훌륭하며 야간에는 도심 불빛이 멋있게 훤히 내려다보이는 그런 곳이었다.

개원 첫해 연말에 이상하게도 병실이 모두 비어있던 때에 제일 큰 방이었던 장식용 벽난로와 회의용 빔이 설치된 방에서 가졌던 연말 모임도 기억이 난다. 병실에 왜 벽난로가 있어야 하냐며 의문을 가졌었는데, 그날 모임을 하며 벽난로를 켜놓으니 마음이 편안해지고 따뜻한 분위기를 내는 데 매우 효과적이란 걸 알게 되었다. 그다음 해, 바로 팀장으로 승진하여 VIP 병동에는 가볼 일이 없었다. 엄격하게 출입이 통제되고 있는 것도 하나의 이유라면 이유일 수도 있겠지만…

지금도 그때의 간호사들이 그대로 근무하고 있는지, 호텔에 숙박해가며 배웠던 병실 세팅은 지금도 그대로 적용하고 있는지 가끔 궁금하다. 물론 더 세련되고 편리하게 바뀌어 있기를 기대한다. 그리고 그곳에서 투병하셨던 환우들도 기억난다. 모두 건강하시기를 빌어본다.

13
VIP 병동

VIP 병동은 보통 병원 건물의 제일 위층에 그리고 전망 또한 최고로 좋은 곳에 있으며 다른 병동은 40~50명의 환자가 입원하나 22개의 1인실로만 구성된 곳과 VVIP라고 불리는 9개의 병실로만 구성된 병동이 있다. 호텔에서의 스위트룸을 생각하면 이해가 쉬울 것이다. 병실의 전체적인 크기도 클 뿐 아니라, 거실, 주방, 보호자 침실, 욕실, 화장실 등으로 구성되어 있고 제일 큰 병실에는, 회의를 할 수 있도록 회의공간과 빔이 설치되어 있으며, 비서들이 머무르는 공간과 전용 엘리베이터도 있다.

또한, VIP 병동에는 *어메니티(Amenity)가 다양하게 제공된다. 침구 또한 일반 병실과는 다른 최고급 제품을 사용하며, 주차, 식사 선택, 신문 잡지 등 제공되는 서비스도 다양하다.

그러나 기본적으로 병을 치료하러 오는 환자의 처지에서는 다를 게 없다는 게 나의 생각이다. 최대한 환자 개개인 취향에 맞추어 편하게 계실 수 있도록 하는 것이 우리의 임무이다.

그곳에 근무할 때 많은 유명 인사들을 환자로 마주했었다. 기업인, 정치인, 연예인을 비롯하여 이름만 대면 알 수 있는 분들도 있었다. 환자분이 입원하기 며칠 전에 비서들이 미리 방문하여 환자가 입게 될 환의, 가운, 슬리퍼와 침구 등을 꼼꼼히 점검하고 식사 메뉴, 제공되는 물의 종류, 이동 동선 등을 체크하기도 한다. 이런 분이 입원한다고 하면 여러 가지로 신경도 쓰이고 긴장이 많이 되는 것이 사실이다.

VIP 병동에 근무하는 간호사들이 아무리 친절하고 만족스럽게 간호한다 해도, "VIP 병동 입원했다고 뭐 달라요? 기다리라고 하세요! 난 모든 환자를 평등하게 대우합니다"라고 말하며 요구사항을 제때 해결해 주지 않는 이런 의사를 만나면 모든 것이 난감해지고 어려워진다.

'누가 불평등하게 하라나. 말 한마디로 천 냥 빚을 갚는다는데 참, 말을 밉게 하네' 하며 속상해한다. 이런 전공의를 만날 때면 바로 교수에게 연락하여 문제를 해결할 때도 많았다.

그랬던 의사도 유명 여자 연예인이 입원하면 왜 그리 자주 회진을 돌고, 호출하면 쏜살같이 달려오는지, 평등하게 한다더니 도대체 평등의 기준이 왜 이렇게 이랬다저랬다 하는 건지.

입원환자 중에는 어느 병동이나 마찬가지겠지만 아주 별난 환자분들도 있다. VVIP 병동으로 입원한 그는 말투며 행동이 매우 거친 50대 초반의 대장암 진단을 처음 받은 환자였고 수술과 항암치료를 받았다. 그는 50대인데 부인이 너무나 어려 보이는 것도 이상하였고, 환자의 거친 행동이 너무 지나쳐서 보기에도 안쓰럽고 불쾌할 정도였다.

'돈은 많은데 암에 걸려 억울해서 저러는 건가' 내 눈에는 그렇게 보였다.

'그래 그럴 수 있지. 퀴블로 로스의 죽음의 단계에서 분노의 단계인가 보다'라고 이해하려 애쓴다.

아무리 그렇더라도 너무나 몰상식하고 기가 막히는 일이 며칠 후 벌어졌다. 병실마다 VVIP 주방에는 크리스털 재질의 예쁜 유리 물병과 접시와 찻잔이 제공된다. 기본적인 주방용품들이 비품으로 병실마다 놓여있다.

어느 날 그 환자의 담당 간호사가 놀란 모습으로 간호사실로 뛰어와서 "수 선생님 어떻게요? ○○○님이 크리스털 물병에다 소변을 보고 있어요."라고 말했다.

"뭐라고? 아니 왜? 소변기도 있고 화장실도 가까운데 왜?" 라고 물으니 "거기다가 소변을 봐야 소변이 시원하게 나온 데요."라고 했다.

기가 막힐 노릇이다. 아무리 그렇다 한들 남들도 사용하는 물병에다 소변을 보는 몰상식한 행동을 서슴지 않고 할 수 있는지 말이다. 마음 같아서는 물병값을 입원료에 청구하고 싶었지만 받아들여지지 않아서 그러질 못했다. 당연히 그 물병은 그 환자가 퇴원 후에 버려야 했다.

VIP 병동에는 돈도 많은 분이 오기도 하지만 돈만 많은 분도 온다.

*어메니티(Amenity): 일반적으로는 호텔에서 사용하는 다양한 종류의 비품을 주로 일컫는 말로 쓰이지만, 넓은 의미에서는 호텔 내 편의시설 및 서비스 전체를 말함

14
소원

나는 여성들이 남자에게 의지하지 않고 독립적으로 일을 척척 잘 해내는 걸 보면 괜스레 더 응원하고 싶고 지지하고 싶어진다. 주로 남성들이 일하는 영역을 여성이 잘 해내는 걸 볼 때도 그렇다. 그렇다고 내가 페미니스트는 아닌데도 말이다.

우리나라 여성 파일럿의 일대기를 그린 영화도 그런 의미에서 아주 재미있게 보았다. 배우의 열연뿐 아니라 주제곡의 애절함으로 지금까지 사랑받는 것만 보아도 그때의 인기를 짐작해 볼 수 있다.

영화의 주연이었던 그녀는 그렇게 유명해진 이후 몇 년이 지나지 않았을 때 위암 진단을 받았다. 영화 속의 그녀는 강단이 있고 의지가 강해 보여 암에 걸렸더라도 잘 이겨낼 수 있을 것 같았고 실제의 그녀도 그래 주길 바랐다.

그녀가 암 선고를 받은 지 채 일 년이 되지 않았을 무렵, 그녀가 우리 병원으로 온다는 연락을 받았다. 방송을 통해 치료를 잘 받고 있다는 기사를 접한 터라 상황이 그렇게 심각할 거라곤 생각하지 못했다.

누구에게나 삶은 소중하고 하나뿐인 목숨이 귀하겠지만, 이렇게 젊고, 아름답고, 왕성하게 활동해야 할 나이에 죽음을 마주하게 되는 것은 너무도 가혹하게 느껴지고 마음이 아프다.

그녀를 처음 보았을 때도 너무 마음이 아팠다.

사랑하는 가족들의 극진한 간호와 의료진의 노력에도 불구하고 그녀는 가쁜 숨을 내쉬고 있었다. 그렇게 그녀는 우리 병원에 온 지 며칠 만에 눈을 감았다. 숨이 차서 눕지 못하던 그녀를 임종 후에야 편하게 눕힐 수 있었다. 영안실로 모시기 전에 임종 간호를 하려고 할 때 그녀의 어머니께서 간곡히 "숨이 차서 오랫동안 머리를 못 감겼는데 시원하게 머리를 감겨주는 것이 내 소원이다"라며 방법이 없겠느냐고 말씀을 하셨다.

어떻게 해야 할지 잠시 고민에 빠진다. 요즘 같으면 거동을 못 하는 분들에게 물 없이 사용할 수 있는 거품용 샴푸가 제품으로 나와 있어서 사용하면 되지만, 10년도 더 전에는 그런 것들이 흔하지 않아서 당장 구하기도 어려웠다.

고민 끝에 머리를 감겨보기로 하고는, 혼자서 할 용기는 없어서 옆 병동 수간호사였던 박 선생에게 도움을 청하였다. 마음 착한 박 선생은 흔쾌히 나의 제안에 동의하고는 옆에서 나를 거들었다.

어떻게 머리를 감겼는지 정신없이 시간이 흘렀다. 젖은 머리를 말리고 빗질을 하며 그녀를 떠나보낼 준비를 하였다. 아름답고 멋졌던 그녀는 그렇게 우리 곁을 떠났다. 돌이켜보니 벌써 10년도 더 지난 일이 되었다.

그녀를 떠올리면 영정사진 속 매력적인 웃음을 짓고 있는 강단 있는 여성으로 기억이 되어 미소가 지어진다.

내가 했던 일이 잘한 것이었는지 지금도 가끔 나에게 질문해 볼 때가 있다. 어머니의 소원이라고 하셨으니 들어드린 거라며 스스로 결론을 낸다. 그녀의 맑은 표정과 애절한 눈빛을 더는 스크린에서 볼 수 없다는 것이 안타깝지만, 그 음악을 들을 때면 언제나 그녀가 떠올려진다.

나는 당신의 팬이었답니다. 하늘나라에서 잘 지내고 계신 거죠? 그곳에선 아프지 말고 잘 지내세요.

3

팀장 시절

01
클럽 송년회

몇 해 전, 어떤 병원에서 직원들과 보직자들이 참여한 연말 송년 파티에 간호사들이 나와 춤을 추게 한 것이 논쟁이 되어 뉴스에 보도된 것을 본 적이 있다.

연말이 되면 병원마다 직원들과의 연말 모임을 어떤 형태로 할 것인지를 고민한다. 아마도 모든 병원의 간호부에서 송년회를 어떻게 치를지, 고생하고 있는 간호사들에게 재미있고 의미 있는 모임을 만들어 주기 위해 지혜를 모으고 있을 것이다.

일반적으로 강당이나 직원 식당을 빌려 뷔페 음식을 차려 놓고 부서별 장기자랑을 하거나 한 해 동안 수고한 직원들 노고를 위로하고 포상을 하는 시간을 갖는다.

내가 간호팀장일 때도 그런 논의를 하기 위해 머리를 맞대고 있었다.

"저희 이번에는 밖으로 나가요. 부원장님~. 클럽 하나를 통째로 빌려서 간호사들이 신나게 놀게 해주면 어때요?"

내가 이렇게 제안하니 의외로 간호부원장을 비롯한 간호팀장들의 반응이 좋았다. 갈 수 있는 클럽을 알아보고 비용을 조율해 보기로 하고 1차 회의를 마쳤다.

대학교 때 이후론 클럽이란 곳에 가본 적이 없던 간호팀장들은 은근히 들떠 보였다. 그때는 나이트라고 불렸었고 피크 시간이 밤 10시 전후였는데 요즘 클럽의 피크 시간은 자정을 지나 새벽 2시에서 4시 사이라고 하였다. 우리가 대여하려고 하는 시간은 오후 5시에서 밤 10시까지로 이용하는 사람이 많은 시간이 아니었기에 수월하고 저렴하게 클럽을 통째로 대여할 수 있었다.

"그런데 그럼 그냥 계속 춤만 추나요?"

진행을 어떻게 할지 2차 회의가 진행된다.

"그래도 누군가 진행을 해야 송년회라는 느낌도 나지 않을까요?"

모두 동의하여 유명 개그맨으로 진행자를 섭외하기로 한다.

"근무 끝나고 가면 배고플 텐데 먹을 것을 좀 더 차려주어야 하지 않을까요?"

아침도 거르고 점심을 못 먹은 친구들도 있을 테니 간식을 더 챙겨주자는 의견에 모두 동의한다.

클럽의 테이블마다 치킨, 샌드위치, 피자, 과일, 맥주 등 먹을 것이 그득히 놓인다.

"드레스 코드를 정해주면 재미있지 않을까요?" 하니 모두 좋다며 손뼉을 친다.

"드레스 코드는 검은색과 빨간색으로 크리스마스 느낌 나도록 각자 연출하라고 하죠~"

이제 이 모든 결정 사항을 부서원들에게 잘 전달한다. 1,800여 명에 달하는 간호부 직원이 교대근무로 인해 모두 함께할 수 없는 것이 안타깝지만, 참여한 사람들만큼은 신나게 놀자고 했다. 신규나 주니어 간호사들은 클럽에 다녀 봤겠지만, 나를 비롯하여 연배가 조금 있는 직원들은 클럽이란 곳이 처음인 사람도 있어 더 흥분하며 기대에 차서 좋아하였다.

근무를 마치고 서둘러 정리하고는 드레스 코드에 맞춘 연출로 한껏 멋을 낸 우리는 삼삼오오 모여 신사동에 있는 클럽으로 향했다. 모두들 들떠서 걸음이 빨라 보였고, 개개인의 복장이 너무 개성 있어서 보는 재미가 있었다. 클럽에는 간호부원장님이신 수녀님과 몇 분의 팀장 수녀님도 함께 가셨다.

"수녀님 기분이 어떠세요? 클럽에 가는 기분이?"

클럽은 난생처음 가보신다며 얼굴을 붉히신다.

오후 5시경이라 밖은 아직 어둡지 않았다. 하지만 들어선 클럽 안은 어둡지만 화려한 조명으로 마음을 들뜨게 할 뿐 아니라, 귀를 찢을 듯 쿵쿵 울리는 비트의 음악은 가슴을 뛰게 하였다. 재치있게 진행하는 노련한 개그맨의 사회에 따라 신나게 춤추다 웃기를 반복하였다. 그렇게 몇 시간 동안은 병원 안에서의 복잡한 일들을 모두 잊고 정말 재미있는 시간을 즐겼다.

클럽 안에는 모두 우리병원 직원들이니 자리 신경전 이런 것도 필요 없고 화장실이나 복도, 모든 곳이 춤을 출 수 있는 장소였다. 서로 얼싸안고 웃고 떠들다 춤추기를 반복하였다.

그해 겨울, 우리들의 송년회는 아직도 기억이 나는 즐거웠던 추억 중 하나이다. 검은 수녀복에 빨간 머플러로 치장을 한 간호부원장님도 사회자의 지시에 따라 무대 위에서 신나는 음악에 맞추어 춤을 추셨다.

보직자들과 다른 직원은 무대 아래에서 구경하고, 간호사 몇 명이 무대에서 춤을 추는 그런 송년회 말고 이렇게 클럽에 가서 모두가 하나가 되어 즐기는 송년회를 해보면 어떨지 제안해본다. 물론 병원마다 다른 사정이 있겠지만 말이다.

물론, 그 이후로 또 클럽은 한 번도 못 가보았다.

02
호된 사춘기

직장 생활을 하는 여성에게 육아와 가사 모두 다 잘하기를 요구하는 것은 정말 너무 가혹하다. 몸은 하나인데 어떻게 모든 것을 잘 해낼 수 있을까? 그런데도 후배 간호사 중에 아이 둘을 직접 키우며 병원에 다니는 친구들을 볼 때면 존경스러운 마음이 든다. 그러나 정작 자신은 돌아볼 시간 없이 자신이 가진 모든 에너지를 아이와 가정과 일에 쏟아붓는 것을 보고 안쓰러울 때가 있다.

직원들과의 정기 개인 면담에서 그런 후배들을 만날 때 "선생님~ 가끔 평일에 하루 휴가 내어서 선생님만을 위한 시간을 가져봐요! 그게 무엇이 되었건 열심히 사는 선생님에게도 보상을 좀 해주어야지"라고 말하는데, 그럴 때면 갑자기 눈물이 핑 도는 친구를 여러 명 보았다. 그만큼 얼마나 몸과 마음이 힘들었는지를 짐작할 수 있다.

나는 아들 하나를 초등학교 마칠 때까지 친정엄마의 도움으로 키웠다. 부모님과 같은 아파트로 이사를 해서 거의 기생했다고 봐야 한다. 아들이 중학교에 들어갈 때 부모님 곁을 떠나 이사를 하였고 배치된 남자 중학교는 집에서 훤히 내려다 보이는 아주 가까운 곳에 있었다. 중학생이 되었으니 아침 차려놓은 것 챙겨 먹기와 일어나서 학교 가는 것 정도는 혼자 충분히 할 수 있겠다 싶었다. 아들은 나와 남편이 아침 6시 이전에 출근하고 나면 혼자 일어나 준비하고, 아침 먹고 학교에 가야 했다. 지금 와서 생각해보니 중학교 1학년이면 아직 어리광도 부리고, 늦잠 자느라 아침에 깨워도 일어나지 못하는 어린애인데 말이다.

퇴근 이후에도 일이 이어지는 날에는 밤늦게까지도 혼자 있었을 것이다. 물론 학원도 다니고 과외도 받았지만 말이다. 그래서 아이 뒷바라지에 열렬한 학부모들은 일하는 엄마의 아이들을 별로 좋아하지 않는다는 이야기도 들었다. 학교나 학원, 과외에 대한 정보가 전혀 없으니 그럴 수도 있겠다 싶다.

아들은 중학교에 들어가자마자 반에서 반장이 되었고, 그가

학교생활을 잘하고 있으리라 믿으며 안심하였다. 그러던 어느 날, 아들의 교복이 너무 꼭 맞으며 작아 보였다.

'키가 큰 건가? 살이 쪘나?' 하며 대수롭지 않게 넘겼다.

아들 교육에 관심이 엄청 많던 남편은 바로 알아보고 "옷이 왜 그래? 왜 이렇게 작아진 거야?" 하니 아들이 바로 대답하지 못하고 머뭇거렸다. 교복이 못에 걸려 찢어져서 줄이다 보니 그렇게 된 것이라고 떠듬거리며 이야기했다. 나는 끄덕끄덕하며 아들의 말을 그대로 믿었지만, 남편은 예리하게도 어디서 옷을 줄였냐며 앞장서라고 하며 아이를 앞세워 옷 수선점으로 향했다. 결국은 그냥 옷을 몸에 꼭 맞게 줄였다는 것을 알아내곤 한바탕 혼을 내고, 가위로 작아진 교복을 잘라 버렸다. 그리곤 아이를 데리고 교복매장으로 가서 원래보다 더 헐렁한 큰 교복을 사 입혀 데리고 왔다. 나는 옆에서 안절부절, 어쩔 줄을 몰랐다.

다음날, 큰 교복을 걸치고 학교에 다녀오던 아이는 그동안 두발 검사에서 뒷머리가 길다고 몇 번이나 지적당하며 혼이 나도 자르지 않던 머리를 완전 빡빡 밀고 집에 들어왔다.

아이 아빠도 아들도 너무 무서웠다.

한동안 아들과 우리 부부는 아들의 이런 사춘기를 함께 겪었다. 몇 년 전 후배 간호팀장이 자녀의 학교 문제로 아이와 조율이 안 된다며 너무 속상하다고 사춘기인가 보라고 하소연을 할 때, 나는 아들의 교복 이야기와 빡빡머리 이야길 들려주었다. 그랬더니 놀라면서 "어머, 팀장님 아들도 그런 적이 있었어요?"라고 한다.

지금은 미국에서 대학을 졸업하고 일도 열심히 하는 성실한 아들을 보면 도저히 그때의 모습이 상상이 안 되나 보다.

가끔 가족의 식사 자리에서 술 한잔 씩 마시고 나면, 누가 시작했는지는 모르겠지만 꼭 그때의 이야기가 나온다. 그러면 아들은 "자~ 이제 자리 정리할 때가 되었나 보네요. 다들 일어나시죠" 하며 쑥스러워한다.

지금도 그때 생각을 하면 아찔하고, 만약에 그때 사춘기를 잘 못 넘겼으면 어떻게 되었을지 생각하면 끔찍하다. 일하는 엄마를 대신해서 아들을 세심하게 관찰하고 돌보아준 남편에게도 감사하다.

누구에게나 사춘기가 온다. 부모 역할은 우리도 처음이니까 아이들아, 너무 무섭게 하진 말기다.

03
새내기 간호팀장

병원마다 한 해를 시작하는 업무의 기준을 3월로 하거나 1월로 하는데 그러다 보니 2월 말이나 12월 말이 되면 병원마다 크고 작은 인사이동이나 승진발표가 있다.

승진할 연차가 되었는데 늦지 않게 승진하는 것도 행운이고 복이다. 내가 다니던 병원이 속한 의료원에는 소속 병원이 여러 개 있어서, 인사발령 때마다 병원 간 이동 발령도 꽤 많았다. 인사이동 발표가 나기 몇 달 전, 지금의 병원에서도 꽤 먼 곳으로 집의 평수를 늘려 이사를 한 친구가 더 반대쪽에 있는 거리가 더 먼 병원으로 발령이 나서 출퇴근 시간만 4시간이 걸리게 되었다는 이야기도 들었다. 그러나 인사는 꼭 따라야 하는 기관의 명령이라 번복하거나 불복할 수가 없다.

나는 인사이동 발표에서 가고 싶던 새 병원으로 이동이 되었고, 승진발표 때에는 승진해야 할 때마다 그리 늦지 않게 승진하였는데 이는 너무도 감사할 일이다.

간호팀장이 처음 되었을 때는 정말 기쁘고 큰일을 할 수 있을 것 같은 의지에 불타있었다.

내가 관리해야 할 병동이 16개이고 직원만 350명 이상으로 직원의 이름도 다 외우질 못했는데, 특히나 이름 외우는 것이 취약한 나에게는 너무도 어려운 일이었다. 수간호사가 16명이고, 팀장 직속 행정간호사가 한 명 있어서 팀 내 행정적인 일을 많이 도와주었다.

부서가 많다 보니 환자 관련 사건 사고가 끊이질 않았다. 직원 관련 근태 문제도 지속해서 발생했다. 신규 간호사들이 입사하면 간담회를 주기적으로 진행하여 그들의 어려움을 들어주고 해결하고자 하나, 신규 간호사들은 끊임없이 퇴사했다. 그러다 보니 신규 간호사 간담회를 일 년 내내 계속해야 했다. 팀 내 직원들과의 조직 활성화를 위한 활동도 다양하게 계획하여 진행하는데 볼링대회, 요리경연대회, 둘레길 걷기, 치맥파티 등을 통해 친목을 도모하였다.

간호부에는 여러 위원회가 있었는데 나는 〈질 향상 위원회〉를 맡았다. 팀마다 두세 명씩 선출된 수간호사들로 구성이 되는 질 향상 위원회는 간호 업무의 질 향상을 위한 새로운 아이디어나 프로세스 개선을 위한 활동을 한다.

자치회 활동에도 참여하였다. 전체 간호사회나 가톨릭 간호사회 임원으로도 활동하였다. 요즘은 간호부 내에 이런 자치회를 운영하지 않는 병원이 더 많다고 한다. 회원인 간호사들에게 일정 회비를 걷어서 회원의 권익과 친목 도모 및 신앙 활동을 돕는 피정이나 성지순례 등을 계획하고 진행했다. 병원 내에서 진행되는 여러 회의 중 회의의 성격에 따라 간호팀장으로서 간호부 대표로 참석하는 회의도 있다. 보통 한 달에 한 번이나 두 번의 회의를 통해 병원 전체적으로 개선해야 하거나 공유할 문제들을 논의하고 돌아와서는 간호부에 전달했다.

간호팀장은 외부 활동도 많이 하는데 간호협회나 병원간호사회, 서울시 병원간호사회의 임원으로도 활동한다. 병원간호사회에서는 학술위원으로 4년간 활동하였는데 전국의 병원간호사들을 위한 업무 수준 향상을 위한 연구 활동에 참여하였고, 학술강연을 기획하고 강사를 추천하여 전국적으로 진행될 수 있도록 돕는다.

서울시 병원간호사회의 이사로 활동할 때는 서울시 병원간호사들을 위한 힐링 프로그램이나 중소병원 간호사를 위한 교육지원, 불우이웃 돕기 등을 지원하였다.

이렇게 참여해야 할 회의가 너무 많고 외부 활동을 할 때는 병원을 대표하여 책임감을 느끼고 일해야 하다 보니 늘 긴장하고 신경이 예민해져 있었다. 시간 안에 해결해야 할 일들이 줄을 지어 있고, 매사에 여유가 없었다. 처음 간호팀장으로 승진발표가 났을 때는 그렇게 기뻤었는데, 점점 기쁨보다는 책임감과 무게감이 나를 무겁게 눌렀다.

40대의 간호팀장으로 일할 때 벌써 고혈압 진단을 받았다. 간호부의 다른 베테랑팀장에 비해 새내기였던 나는 업무 파악을 완전히 할 때까지 항상 주눅이 들어있었고 마음이 편치 않았다.

그렇게 3년 동안 간호팀장으로 근무했다. 팀장으로 승진하여 몸과 마음은 힘들었지만, 다양한 경험을 할 수 있었던 값진 시간이었다. 나는 3년간의 간호팀장 이후에는 진료협력팀장, 암 병원 운영팀장, 심뇌혈관병원 운영팀장으로 일하였다. 지금 다시 간호팀장을 하라고 하면 그때보다는 훨씬 능숙하게 잘할 수 있었을 텐데, 그땐 새내기여서 모든 것이 서툴렀던 것 같다.

04
스트레스 해소

오랜 시간 새벽형 인간으로 살아왔다. 팀장으로 근무할 때 병원 출근은 오전 8시까지였는데 늘 한 시간 전에 사무실로 갔다. 커피를 마시며 아직 내게 남아있는 졸음에서 빨리 깨어나려 하였고, 오늘 할 일과 계획들을 점검하고 의료계 뉴스와 이슈들을 인터넷으로 확인하였다. 오늘 참석해야 할 회의가 있는지 확인하고, 지난 회의록을 검토하여 주요 사항을 점검하였다.

매일 새벽 5시에 일어나고 저녁 10시가 되면 잠을 자려고 애썼다. 금요일이 다가오면 곧 맞게 될 주말 때문에 들뜨며 기분이 좋았고, 일요일 오후가 될수록 기다리고 있는 한주가 부담스러워 우울해지곤 했다.

계속 이렇게 일을 하다 보면 포화상태라는 지점에 다다를 때가 있다. 이럴 때, 더는 일을 하면 안 된다. 아니 할 수도 없다.

그럴 땐 나는 주로 여행을 간다. 최대한 멀리 떠나 현실에서의 복잡함을 완전히 잊어버리고 돌아온다. 병원에서 주관하여 진행되는 성지순례나 여행에도 참석하여 아무 생각 없이 따라다녔다.

천주교 신자로 국내 성지순례는 여러 곳 다녀보았으나 해외 성지순례는 2000년 5월에 떠났던 11일간의 이탈리아 및 4개국 성지순례가 처음이었다. 그것도 병원에서 함께 일하는 간호사들과 함께였고, 유럽으로는 처음 가는 여행이어서 들뜨고 설레었다.

공항으로 출발 전 병원 성당에 참석자들이 모두 모여 미사를 올리며 성지순례를 시작하였다. 이탈리아 로마까지는 직항이 아닌 암스테르담을 경유하는 비행기를 탔는데, 11시간이 넘는 비행 끝에 암스테르담의 스히폴 공항에 내려서 비행기를 갈아타고는 두 시간을 더 가서 로마에 도착하였다.

성지순례 첫 일정으로 방문한 카타콤은 신자들의 지하묘지로 사용되었던 죽은 이를 위한 예식과 기도를 드렸던 곳으로, 그곳에서의 미사와 고백성사는 아직도 또렷하게 기억에 남을 정도로 특별하였는데 이는 수천 년 전 순교자의 마음이 전해지는 장소가 주는 특별한 분위기 때문이었을지도 모른다.

카타콤(Catacombs)은 라틴어의 "가운데"(cata)와 "무덤들(tum-bas)의 합성어로 "무덤들 가운데"(among the tombs)라는 의미라고 한다. 바오로 대성당, 베드로 대성당을 본 후 로마 시내를 관광하였는데 트레비분수, 콜로세움, 개선문 등 도시 전체가 거대한 박물관 같았고, 이러한 모습들은 서울의 회색 건물들과는 너무도 대조되는 모습이어서 신기하고 신비스러워 보였다.

그 이후 아시시라는 지역에 있는 천사들의 성모마리아 대성당, 성(聖) 프란체스코 대성당을 거쳐 피렌체로 가서는 꽃의 성모마리아 대성당을 둘러보고 물의 도시인 베네치아로 이동하였다. 베네치아의 산마르코 성당과 광장은 세계 각국의 여행자들로 넘쳐났다. 우리도 삼삼오오 짝을 지어 곤돌라를 타고, 광장에 앉아 베네치아를 마음껏 느껴보았다.

이탈리아 국민의 86%가 가톨릭 신자여서 그런지 도시 곳곳마다 웅장하고 아름다운 성당을 만날 수 있었다. 밀라노의 두오모 성당을 끝으로 이탈리아에서의 일정을 마쳤다.

알프스 최고봉인 몽블랑산자락이 병풍처럼 둘러싸고 있는 마을, 고도 1,035m에 있는 샤모니는 길가에 들꽃이 흐드러지게 피어있는 평화로운 시골 마을이었는데, 점심으로 처음 먹던 퐁듀는 색다르기도 하면서 마을 분위기와도 잘 어울리는 특별한 식사로 기억이 된다. 케이블카를 타고 순식간에 몽블랑(4,810m) 을 가장 가까이에서 만날 수 있는 3,842m의 전망대에 오른다. 만년설로 덮인 너무도 아름다운 알프스를 바로 앞에서 눈으로 직접 보다니 너무 감회가 새로웠다. 요즘 지구온난화로 인해 몽블랑의 만년설이 녹아내린다는 기사를 접하게 되는데, 그때의 아름다운 모습이 사라질까 안타까운 마음뿐이다.

스위스 제네바에서 야간 침대열차를 타고 프랑스 남서부에 있는 루르드로 갔는데 한 칸에 4명씩 들어가는 침대열차는 우리에게 또 다른 추억을 안겨주었다. 무려 10시간을 밤새 달린 열차 여행 끝에 도착한 성모님의 발현지 루르드(Lourdes)는 수많은 순례자가 찾아오는 유럽 최고의 성모 성지로서, 기적수에 몸을 씻는 침수의식과 촛불 행렬에 참여하기 위해 전 세계에서 모인 가톨릭 신자들이 거리에 넘쳐나고 그 모습은 장관을 이루었다. 인종도 다르고 말도 잘 통하지 않았지만, 가톨릭 신자라는 공통점이 그곳에 있는 모두를 친근하게 만들었다.

루르드에서 당시에는 우리나라에 아직 없던 고속열차 테제베(TGV)를 타고 5시간 만에 파리로 이동하였다. 파리에서는 개선문, 에펠탑, 센강 유람선을 타고, 샹젤리제 거리와 콩코드 광장을 거닐었다. 그 당시 센강을 보면서 너무 낭만적이고 여유로운 모습이 부러웠는데, 지금은 우리나라 한강 주변도 센강에 견주어 전혀 부족함이 없이 개발되어 자랑스럽기 그지없다.

자유를 꿈꾸는 예술가들이 찾는 영감의 성지인 몽마르뜨 언덕은, 알고 있던 것과는 다르게 지저분하고 소변 냄새로 인상을 쓰게 되는 전혀 낭만적이지 않은 곳이어서 실망스러웠다.

프랑스에서의 특별한 경험을 뒤로하고 버스로 독일의 쾰른에 도착하였다. 유럽은 이렇게 버스로 몇 시간씩 이동하면 국경을 넘을 수 있으니 여행하고자 하는 이들에게는 더없이 좋은 환경이 아닐 수 없다. 이탈리아나 프랑스에서 본 성당들과는 좀 다른 쾰른 대성당은 고딕 양식 특유의 뾰족한 첨탑으로 웅장함을 넘어 무서운 느낌마저 들었지만, 우여곡절 끝에 600여 년이 지나서야 완공될 수 있었으며, 2차 세계대전 당시 폭격으로 외벽이 검게 그을려 검은색을 띠게 되었다는 이야기를 들으니 지난 역사 속에서도 굳건하게 자리하고 있는 모습으로 새롭게 이해가 되었다.

여러 국가를 다니느라 이동하는 시간이 길었지만 다양한 교통편으로 여러 나라의 성지와 유서 깊은 관광지를 함께 볼 수 있는 의미 깊은 시간이었다. 한동안 고개만 돌리면 영화에

나 나올 것 같은 건물들로 가득했던 그곳과 서울의 회색 도시가 대비되어 적응하는 데 애를 먹었지만 말이다.

2014년 4월 25일부터 5월 5일까지는 병원 영성부(靈性部)에서 주관하는 스페인, 포르투칼 성지순례에 참석하게 되었다. 10일이 넘는 일정이었지만 공휴일이 중간중간 끼어있어서 휴가를 며칠만 내면 가능하였다. 신부님, 수녀님을 포함한 총 26명의 직원이 함께하였는데, 모스크바를 경유하여 마드리드까지 도착하는 비행시간만 거의 14시간인 쉽지 않은 여정이었지만 모두 기대에 차 있었고 피곤한 줄 몰랐다.

마드리드에서 스페인을 한 바퀴 돌며 각 지역의 성지를 순례하는 코스로, 버스로 매일 3~4시간씩 이동하여 새로운 도시로 가서는 그 지역의 성지를 순례하고 성당을 방문하여 매일 미사를 올렸다. 성지순례 중간에 관광지를 가기도 하는데 그라나다에서 갔던 알람브라 궁전은 유럽에 남은 이슬람 건축물 중 최고 걸작으로 궁전과 정원의 규모와 화려함은 700여 년이 지난 지금에도 감탄과 탄성이 절로 나오는 웅장한 모습이었다.

유럽의 3대 성당 중 하나이며 신대륙을 발견했던 콜럼버스의 무덤이 있는 세비야의 카테드랄 대성당과 스페인광장은 규모도 어마어마할 뿐 아니라 전 세계에서 성지순례를 온 인파로 넘쳐난다. 세비야에서 관람하였던 플라멩코 공연은 정열의 나라 스페인의 심장이라고 불리는 남부지방 특유의 개성과 기백이 힘차게 표현되는 민속예술로 보는 내내 긴장을 늦출 수가 없었다. 4월 말인데 날씨가 제법 무더워 시원한 맥주가 너무나 맛있게 느껴졌다. 생맥주와 지역 맥주인 Ambar를 자주 마셨고, 스페인식으로 식사때마다 올리브와 와인도 즐겼다.

포르투갈의 파티마 대성당에서 미사를 올리고 촛불 행렬에 참여하고 묵주기도를 하며 순례객이 되어 본다. 예수의 열두 제자 중 한 사람인 야고보의 유해를 모시고 있으며 유럽에서 가장 큰 순례 성당인 산티아고 데 콤포스텔라 대성당은 순례길의 목적지이기도 한데, 그래서인지 성당 앞 광장에서 순례를 마친 순례자들을 쉽사리 찾아볼 수 있었으며 감격에 차 있는 한국인 순례객을 만나 무용담도 듣고 함께 사진도 찍었다.

산티아고 순례길 걷기가 버킷리스트 중 하나인 사람들이 많은데 실제로 완주한 사람을 만나 벅찬 감동 일부라도 느낄 수 있는 시간이었다.

부르고스 대성당과 빌바오의 구겐하임 미술관을 관람하고 숙소인 사라고사의 Diagonal Plaza Hotel에서 하게 된 참석자들의 20주년 25주년 근속 파티는 잠시 여기가 스페인이 아닌 서울인가 하는 착각을 불러일으켰다. 서울에 있었으면 오늘이 병원에서 근속자들을 축하하는 기념식이 있는 날이었기 때문이다. 그래도 스페인에서 맞는 근속 20주년, 25주년도 의미 있도록 소소하게 모여 밤늦도록 파티를 하였다.

천 년 전, 바위산에 만들어진 몬세라트 수도원은 뒤로 톱니 모양의 뾰족한 바위들이 솟아있어 웅장함으로 장관을 이루고 있으며, 운이 좋으면 소년들의 성가대 합창을 들을 수 있는 곳이라 하는데 우리 팀은 합창을 듣지는 못했다. 수도원은 해발 고도 1,236m에 있어 내려올 때는 케이블카를 이용하였다.

동화 속 나라에 있는 착각을 불러일으키는 바르셀로나의 구엘 공원은 가우디의 작품으로 깨진 타일을 모자이크 형태로 붙여 만든 것이 특징이며, 대표적인 도마뱀과 벤치, 파도 동굴 천장 등이 공원 곳곳에 장식되어 있었다. 우리나라에서도 연예인들이 이곳에 방문하여 촬영한 프로그램을 여럿 보아서인지 낯설지가 않았다.

가우디의 또 다른 작품 중 하나인 사그라다 파밀리아 성당은, 가우디가 성당에서 생활하면서 건축에만 전념하다 불의의 사고로 세상을 떠나게 될 당시 1/4만 건설이 완료된 상태였고, 현재까지 그의 제자들이 건축 작업에 임하고 있는 성당이라고 하였다. 평생 독실한 가톨릭 신자로 살면서 결혼도 하지 않고 성자와도 같은 삶을 산 가우디가 죽은 후에 로마 교황청의 특별 배려로 성자들만 묻힐 수 있는 사그라다 파밀리아 지하 성당에 묻혔다는 이야기를 듣고 그의 삶과 열정에 대해 다시 한번 생각해 보았다. 이후, 바르셀로나에서 다시 모스크바를 거쳐 서울로 오는 것으로 성지순례 일정을 마무리하였다.

일상을 잠시 멈추고 이렇게 특별한 여행의 경험을 해보는 것이 영혼을 쉬게 하고 충만하게 하는 방법의 하나가 아닐까 생각해 본다.

나는 이외에도 포화상태에 이르렀을 때마다 훌쩍 여행을 잘 떠났다. 제주도에 가서 올레길을 걷기도 하고, 동남아 휴양지에 가서 아무것도 안 하고 멍 때리며 며칠간 바다만 바라보다 오기도 하고, 친구 따라 핀란드, 에스토니아로 가기도 하였다. 마음의 포화상태가 너무 자주 있었던 것처럼 보일지 모르겠지만, 30년 넘게 일했으니 자주는 아니라고 말하고 싶다. 그래도 기회가 될 때마다 여행하는 것을 적극적으로 권유한다.

세계는 넓고 가볼 곳은 무지무지하게 많다.

05
얼르고 달래기

병원의 여러 부서 중에서 간호사가 가서 일할 수 있는 부서는 생각보다 많다. 가장 많은 수를 차지하고 또 신규 간호사라면 처음 시작은 꼭 가야 하는 임상 부서가 있을 것이고, 그 외에도 팀원이 대부분 간호사로 구성된 부서가 감염관리팀, 적정진료팀(보험심사팀), QI팀, 진료협력팀, 가정간호팀이 있고, 건강검진센터, 노사협력팀, 전산팀, 진료지원부서의 간호 업무 담당자, 진료 상담, 임상시험센터, 수련교육팀, 국제진료팀, 고객 행복팀이나 VIP 전담 의전부서로도 갈 수 있다. 요즘엔 보직자 비서로 가기도 한다.

생각보다 병원의 곳곳에 간호사들이 갈 수 있는 자리가 있다. 그러나 기본은 임상경험이 있어야 하므로 임상에서 간호사로 몇 년 근무 후에 3교대 근무가 정말 힘든 친구들에게는 이런 자리에 관심을 가지고 도전해보는 것도 좋겠다는 제안을 해 본다. 자신이 가지고 있는 생각과 비전에 대해 자신의 간호관리자와 공유하는 것이 필요하다. 생각보다 타인들은 내 입장을 잘 모르기 때문이다.

나는 간호팀장 이후에는 진료협력팀장으로 근무를 했다. 간호부에서는 간호부원장님 아래 부장, 팀장으로 구성되어 있고 업무 자체도 계획된 업무에서 반복적으로 진행되는 것이 많았는데, 진료협력팀장은 스스로 알아서 일을 만들어서 하는 업무가 대부분이어서 처음에는 당황스럽기만 하였다.

진료협력팀은 업무상 개원의들을 상대해야 할 때가 많고 그러다 보니 개원의를 위한 행사를 많이 개최해야 했다. 우리나라 의료전달체계에서는 환자들이 3차 병원에 바로 오게 되면 진료비에 대한 의료보험 혜택을 받을 수가 없다. 따라서 지역의 1차 의원이나 2차 병원에서 진료를 보고 3차 병원의 진료가 필요하다는 진료의뢰서를 받아와야 보험 혜택을 받는다. 내가 근무하던 3차 병원으로는 환자 스스로 알아서 찾아보고 예약해서 오기도 하지만, 지역의 1차 의원, 2차 병원의 의료진을 통해 진료협력팀으로 의뢰되어 예약해서 오기도 한다.

의사의 추천으로 오게 되는 환자들은 스스로 예약해서 오는 분들보다 더 편리하고 빠르게 진료가 진행될 수 있도록 진료협력팀에서 돕고, 진료가 끝난 후에는 의뢰해준 의사에게 회송할 수 있도록 노력한다.

그렇게 의뢰 의사인 지역의 개원의들과의 유대관계가 빈번히 있다 보니 진료협력팀은 협력병원 의료진을 위한 학술행사나 감염 관련 교육, 협력병원 직원들을 위한 CS 교육, 개원의를 위한 CPR 교육 등 서로의 병원이 상생할 수 있는 내용의 교육을 기획하고 진행한다.

최근 몇 년 사이 회송을 활성화하는 정부 방침에 따라 진료협력팀원들은 외래 진료 후, 인근 의원에서 추적관찰 해도 되는 분들을 집 근처 의원이나 의뢰해 준 개원의에게 회송하고, 입원환자 중에도 급성기 치료가 끝나고 안정기에 들어갔거나 장기 요양이 필요한 분들은 2차 병원으로 회송하는 역할을 활발히 하고 있다.

같은 진료 과목을 전공한 의사끼리, 의뢰를 많이 주고받는 의사끼리의 모임을 주선하기도 하는 다양한 행사를 기획하고 진행한다. 기획하고 주관하기는 하나 실제 참석해야 하는 분들은 의료진들이기 때문에 그분들의 참석을 유도하려는 방법들을 고민하고 회의를 통해 지혜를 모은다. 각자 역할을 나누어서 원내 교수들을 찾아다니며 취지를 설명하고 모임 참석을 요청한다. 의원의 개업의들을 찾아다니며 이런 취지로 모임을 하니 참석해 주시면 좋겠다고 안내를 한다. 아무리 좋은 취지여도 시간이 안 맞아 참석자가 저조하면 계획했던 결과를 얻기가 어려우므로 최선을 다해서 참석을 격려한다.

모임이 끝날 때까지는 살얼음판을 걷듯 모든 것이 조심스럽고 신경 쓸 일들이 많다.

어느 날 모임에 흔쾌히 참석하여 분위기를 잘 이끌던 교수가 행사를 마치고 돌아가며 불현듯 이런 이야길 한다.

"내가 얼마나 바쁜 사람인 줄 아세요? 어떻게 이렇게 시간 여유 없이 참석을 요청하죠?"라며 조금 전의 화기애애하던 분위기와는 다르게 화난 얼굴을 하며 말한다. 그녀의 날 선 말에 가슴이 찔린 듯 아프다.

'뭐야! 시간 된다고 와서 행사 잘 치르고 나서 왜 저런 소리를 하는 거야? 도대체 여유 있게 요청하려면 얼마나 일찍 이야길 하라는 거지?' 어이가 없고 속상하지만 '에고~ 그래 내가 마음이 넓으니 참는다' 하며 밝은 얼굴로 응대한다.

"아이고 그러셨어요? 바쁘신데도 이렇게 참석해 주셔서 너무 감사드려요~! 교수님 오셔서 이번 모임이 더 빛났잖아요.

함께 한 개원의 선생님들도 너무 좋아하시던걸요, 역시 훌륭하세요~" 하며 속마음과는 다른 응대를 한다.

이럴 땐 내가 병원장이고 이 병원의 주인 같다.

06
재난 상황

대부분의 3차 의료기관은 매년 재난 대비훈련을 병원 자체적으로 시행한다. 여러 상황을 시나리오로 짜서 환자이송과 응급실에서의 환자 분류, 물품 조달 등을 계획하여 재현해 본다.

직원 중에서 환자 역할을 하는 사람과 의료인 역할을 하는 사람으로 나누어 주어진 시나리오에 따라 상황을 재현해 보기도 한다. 안면이 있는 직원끼리 누구는 환자 역할, 누구는 의료인 역할을 하자니 조금은 우습기도 하지만, 큐 사인이 떨어지면 열심히 자신의 역할에 충실하게 움직인다. 재난 대비훈련은 말 그대로 대비하여 준비하는 훈련이고 실제로 이런 상황이 일어나지 않기를 바랄 뿐이다. 재난 상황에서는 재난 본부장인 응급의료센터장의 지시에 따라 모든 사람이 일사불란하게 움직인다. 재난 대비훈련을 받은 직원들은 실제 이런 상황이 오면 당황하지 않고 자신의 소임을 수행할 수 있다.

1995년 6월 29일 오후 5시 52분 서초동에 있는 삼풍백화점이 붕괴되는 사고가 발생했다. 수많은 사상자가 발생한 사고는, 인근에 있는, 당시에는 서울성모병원의 전신인 강남성모병원으로 사상자의 대부분이 후송되었다.

나는 여의도 성모병원에 근무할 때였고 퇴근하여 막 집으로 들어설 때 소식을 들어 비상 상황이면 바로 다시 병원으로 가야 한다고 준비하였다. 이미 강남성모병원 응급실은 포화상태를 넘어 환자를 눕힐 곳도 없어서, 응급처치를 마치고 후송이 가능한 환자들은 의료원 산하 병원을 포함한 인근 병원으로 보내어졌다. 병동을 담당하던 나는 오지 않아도 된다고 하여 나가진 않았지만, 마음이 불편하였다. 이런 재난 상황에서는 한 사람이라도 손을 보태는 것이 얼마나 큰 도움이 될지를 알기 때문이다. 한동안 강남성모병원 응급실은 재난 현장에 버금가는 아비규환의 상태였다.

2011년 7월 27일엔 장마의 영향으로 전날 밤부터 비가 세차게 내렸으며 출근 시간에도 비가 너무 많이 와서 운전 중 와이퍼를 가장 빠른 속도로 움직여봐도 앞이 잘 보이지 않았다. 출근길인 예술의 전당 앞 남부순환도로에는 우면산에서 흘러내린 토사가 비와 섞여 도로가 보이지 않을 정도로 덮여 있었다. 그렇게 위험했던 도로를 지나 내가 출근을 한 지 채

한 시간이 지나지 않았을 때, 그 길에서 산사태가 일어나 도로를 지나가던 차 여러 대를 덮치는 사고가 발생하였다.

'어떻게 그럴 수가 있지' 믿어지지 않았으며 너무 허탈하기도 하고 화도 나고 무섭기도 하였다. 하지만, '그게 내가 될 수도 있었잖아'라고 생각하면 등골이 서늘해진다. 우리는 모두 재난 상황에 노출될 수 있고, 그러한 재난 상황은 미리 개인이 대비하기도 어렵다. 재난을 유발할 수 있는 원인을 만들지 말아야 하는 것이 가정 먼저 되어야 하지만 그렇지 못했다면, 최선을 다해서 예방책들을 마련하여 대비하는 것은 국가기관이 할 일이다. 도로 바로 옆이 산이라면 비가 많이 내렸을 때 이런 상황이 생길 수도 있음을 예측하여서 대비해 놓는 것이 맞다.

우면산 산사태가 일어난 그해 여름에도 서울성모병원은 우면산 현장과 가장 가까이 있다는 이유로 많은 사상자를 치료하였다. 갑작스럽게 산이 무너지며 흙더미에 깔리게 된 피해자들은 온몸이 진흙투성이 상태로 우리 병원 응급실로 실려왔다. 다행히 목숨의 위협을 받지 않은 분들도 있었지만 안타까운 사연도 접하게 되었다.

그리고 최근인 2022년 10월 29일 일어난 이태원 참사는 모든 이들을 놀라게 한 끔찍하고도 가슴 아픈 사건이었다.

요즘 젊은 세대에게 핼러윈은 기성세대가 생각할 수 없는 어마어마한 축제이고 재미있는 파티이다. 그날 아들도 밤을 새워서 놀 태세로 준비한 복장을 하고 신나게 친구들을 만난다며 나갔다. 이태원에 모인 젊은 친구들도 모두 그런 마음으로 모였을 것이다. 누군가 지금의 MZ세대는 너무 불운하다며, 그들이 10대 때에는 세월호 참사가 일어나 중고교의 수학여행이 모두 중단되었고, 대학에 들어와 축제나 미팅을 하려고 했는데 코로나로 대면 수업이 2년 가까이 비대면으로 바뀌어 전혀 그런 모임을 해보지 못했다며 울분을 토하는 것을 보았다. 그랬던 그들에게 실외마스크 해제와 핼러윈 축제는 또 다른 의미로 다가갔을 것이다.

많은 인원이 모일 것을 뻔히 알면서도 아무런 대책을 마련하지 않은 정부 기관에 화가 나고 지금까지도 서로 책임을 떠넘기려고 하는 모습에 분통이 터진다. 윗사람이라면 자신의 책임과 의무를 알아야 마땅한데 그렇게 보이질 않는다. 재미있는 파티를 즐기려던 그 어린 친구들이 무슨 잘못인가? 어린 친구들의 죽음은 더더욱 마음을 아프게 한다.

이런 재난 상황을 마주하게 될 때 훈련이 잘된 인력이라면,

환자들을 잘 분류하고, 중증도에 맞게 인근 병원으로 적절하게 후송하며, 필요한 물품이나 장비를 빠르게 요구하여 잘 활용할 수 있다. 그러나 대비도 전혀 없었을 뿐 아니라 재난 상황에 대한 대처도 미흡한 것을 볼 수 있다. 가까이 있던 병원으로 사상자가 집중되어 적절한 응급처치가 이루어졌는지도 의문이다. 재난 대비훈련은 의료기관을 막론하고 공공기관에서 상황을 예측하여 실제적인 훈련이 시행되어야 한다.

더 좋은 것은 이러한 재난 상황이 일어나지 않는 것이다.

07
진료협력 간호사회

간호팀장으로 근무한 지 3년이 지났을 때 생각지도 못했던 진료협력팀으로 발령이 났다. 발령이 났을 당시 진료협력팀에서 어떤 업무를 하는지 정확히 알지 못했고, 간호부 소속이 아니면서 외부 출장이 많다는 것 정도가 내가 진료협력팀에 대해 아는 전부였다. 처음부터 하나하나 일을 배워가며 팀 업무에 대해 이해하기 시작했다.

홈페이지에서의 부서 소개를 보면, 진료협력팀은 1, 2차 의료기관과 긴밀한 협력체계를 구축하여 지역사회 의료발전 및 주민 보건 향상에 이바지함을 목적으로 하며, 의뢰된 환자에 대해 신속한 진료 및 진료 결과의 회신, 진료 후 회송을 통해 최적의 의료서비스를 제공하기 위한 협력병원과 개원의들의 창구 기능을 담당하는 부서라고 되어있다.

간략히 내가 좋아했던 표현 방식으로 말하자면 '1, 2차 병원 의료진과 3차 병원 의료진과의 연결 고리 역할을 하는 부서'라고 말할 수 있겠다.

병원 내에서 병원장 산하 직속조직인 진료협력팀은 타 병원 진료협력팀과의 공조나 벤치마킹이 절대적으로 필요했는데, 그런 이유 때문이었는지 서울 시내 Big 5 병원에 속하는 진료협력팀 팀장들과 교류할 수 있는 모임이 정기적으로 있었다. 발령받고 이동한 초반에 모임에 참석했을 때는 각 병원의 업무 기법에 대해 영업기밀처럼 좀처럼 오픈하지 않는 분위기였다. 그러나 모임이 거듭되고 시간이 지나면서 서로 마음을 열고 상생할 수 있는 모임으로 발전해 갔다. 잘하는 것을 공유하고, 각 병원에 적용할 수 있도록 많은 도움을 서로 주고받았다.

서울의 대형병원을 시작으로 생겼던 진료협력팀은 점차 전국적으로 2, 3차 병원에 생겨나기 시작했고, 다른 영역의 간호사회처럼 구심점이 필요하다는 생각을 모임을 하던 모두는 동의하였다.

병원간호사회와 원내 변호사께 자문하여 사단법인 형태로 모임을 시작하기로 하였으며, 간호사들의 전문성 확대와 진료협력팀의 역할 강화를 위해 '대한 진료협력 간호사회'를 창립하기로 하고 준비위원들과 함께 준비하였다. 홈페이지와 로고를 만들고, 정관을 준비하고, 전국에 있는 진료협력팀장들께 이런 소식을 알리고 회원모집을 준비하였다.

"우리도 다른 단체처럼 전국을 다니며 총회도 열고 보수교육도 하면 너무 좋겠다"라며 소식을 들은 회원들은 하나같이 좋아하고 지지해 주었다.

그러던 중 창립을 목전에 두고 또 다른 부서로 갑작스럽게 발령이 나서, 아쉽게도 창립을 함께하진 못했지만 특별한 관심과 애정이 가는 부서였다. 간호부에 있을 때와는 또 다른 '전장에 홀로 나와 있는 장수'라고 해야 하나. 자신의 능력껏 계획을 세워서 일할 수 있는 분야라고 생각이 되었고, 원장님을 비롯한 보직자들의 격려 속에 하고 싶던 일을 마음껏 할 수 있었던, 행복했던 시간이었다.

1, 2차 병원의 의료진들, 타 병원의 진료협력팀 팀장님을 비롯한 간호사들을 만나고, 그들과 교류하며 다양한 경험을 할 수 있었고, 지방으로 출장도 많이 다녔다. 지방 출장을 갈 때는 병원에서 차량과 기사분을 지원해 주었는데, 뒷자리에 타

고 가던 나는 언제나 멀미로 고생하며 "사모님이나 사장님 체질은 아니다."라며 누가 운전해주는 차를 멋지게 탈 수 있는 체질은 아니란 걸 알게 되었다.

지금도 가끔 대한 진료협력 간호사회 홈페이지에 들어가 보면 코로나로 모든 활동이 축소되어 최소한의 활동만 유지되고 있는 것을 보며 안타까운 마음이 든다. 그래도 지치지 말고 꾸준히 활동을 이어나가 제주도나 지방의 멋진 곳에서 총회를 할 수 있는 날이 꼭 오길 기대해 본다. 그러면 나도 명예회원으로 참석할 수 있지 않을까?

전국에서 의뢰, 회송의 업무를 하는 진료협력 간호사들에게 응원을 보낸다.

그리고 지면을 빌어 대한 진료협력 간호사회의 로고를 재능기부로 그려준 김 선생님과 홈페이지를 만들어 준 최 선생님께도 감사 인사를 드린다.

08
행사의 달인

암 병원 팀장으로 일한 지 채 일 년이 지났을 때 갑자기 보직자의 호출이 왔다. '뭐지? 무슨 일 때문에 날 부를까?' 하며 가슴이 두근거렸다. 보직자분과 마주 앉으니 심뇌혈관센터가 심뇌혈관병원으로 조직변경이 되며, 병원으로서의 모습을 갖추기 위해 할 일이 많은 그 부서 책임자를 맡아달라고 말씀하신다.

'왜 굳이 나일까? 난 옮긴 지 일 년밖에 안 되었고 이제야 팀원들 이름 다 외우고 업무 파악 다 해서, 일할 맛이 나는데 말이야.'

누군가 인사발령은 명령이라고 했는데 내가 싫다고 한들 되돌릴 수 있는 것이 아니었다.

아쉬움을 뒤로한 채 짐을 정리하여 코딱지만 한 작은 방으로 이사를 했다. 큰집 살다가 작은 집에선 답답해서 못 산다고 하는 말이 있듯, 넓은 사무실에 있다가 단칸방으로 옮긴 것 같아 가슴이 답답하였다. 아직 병원으로서의 팀 구성이 완벽하게 되지 않아서 Unit도 만들어야 하고 책임자와 팀원도 구성해야 하며 무엇보다 여러 명이 있을 사무실도 갖추어야 한다. 병원 안에 그런 공간이 어디 있나도 찾아봐야 하고 심뇌혈관병원장실도 갖추어야 한다. 그야말로 해야 할 일 투성이었다.

심뇌혈관병원이 된 것을 홍보할 수 있는 개원 기념 심포지엄을 계획하고 실행하라고 원장님께서 주문하신다.

“하려면 제대로 홍보해서 대강당을 꽉 채울 수 있을 정도로 준비하세요! 참석자 없어서 썰렁하게 할 거면 하지도 말고”

참~ 말씀을 쉽게 잘하신다. 정 없게…

그날부터 나와 중환자실에서만 근무하다 수간호사가 된 매니저와 둘이서 행사를 준비하기 시작했다. 둘 다 이 부서에는 처음 온 상태라 예전에 어떻게 했었는지 남겨진 기록으로만 확인할 뿐 모든 것이 막막했다. 그래도 이럴 땐 진료협력팀에 있을 때 행사를 좀 했던 게 도움이 됐다.

행사의 초안을 작성하고 필요한 비용, 협조부서, 연락해야 할 곳, 준비할 것 등으로 정리해본다. 초대의 대상이 심뇌혈관병원 외래를 다녀간 환자분들이다 보니 조금이라도 그분들께 도움이 될 수 있는 프로그램을 짜려고 고민한다. 행사에 참여할 유관부서 팀장들도 직접 만나 협조를 구한다. 기념품과 다과를 어떻게 할지도 고민한다. 그리고, 제일 중요한 초대문자 문구를 둘이서 머리를 맞대고 여러 차례 고쳐서 완성한다. 해당 환자들에게 대량 문자를 보낼 수 있도록 유관부서에 협조 요청한다. 행사 시뮬레이션과 참석할 환자분들 동선을 체크하고, 혹시 참석자가 없어서 텅 빈 강당에서 행사를 치르게 되면 어쩌나, 하는 걱정을 한다.

이제, 운명에 맡기는 수밖에 없다.

문제의 그 날이 되었다. 아침부터 여러 항목을 다시 점검해 보느라 시간이 정신없이 흘렀다. 행사는 2시부터여서 12시쯤 팀원들과 대강당으로 가서 마지막 준비를 하려고 하였다. 그런데 대강당이 위치한 지하 1층으로 내려가니 유난히 사람들이 많다. 심지어는 벌써 두 줄로 줄을 서 있다.

'뭐지? 이분들은?' 궁금하여 줄을 서 있는 분들에게 물으니 오늘 행사에 참석하려고 온 분들이란다.

"네? 어떤 행사요?"라고 물으니 "오늘 심뇌혈관병원 개원 기념 행사한다고 해서 왔어요!" 한다.

'맙소사 행사는 2시부터인데, 이게 무슨 상황이지?' 갑자기 가슴이 요동치기 시작했다.

그 시간 이후부터 더더욱 인파가 많아지며 지하 1층의 큰 로비를 두 바퀴나 돌며 끝이 보이지 않게 긴 줄을 서 있었다. 안전사고에 대비하여 보안요원까지 여러 명 배치되어 줄을 서는 것을 도왔다. 대강당은 350석이고, 그 옆에 있는 세미나실의 70석을 모두 이용한다 해도 도저히 수용할 수 없을 정도의 인파였다. 머릿속이 하얘지며 모든 계획을 빨리 수정해야 하는 상황이 되었다. 기념품, 심뇌혈관 환자를 위한 지중해식 식사 체험 등은 아무리 넉넉하게 잡아도 400명분뿐인데 어쩌면 좋을지 빨리 결정을 해야 했다.

그날, 강당의 통로 바닥과 세미나실까지 모두 참석자로 꽉 채운 행사는 직접 참여한 분들만 700여 명이었고, 죄송스럽게도 그냥 돌아간 분들이 800여 명에 달했다. 행사에 참여하지 못하고 발길을 돌린 분들께는 행사책임자로 죄송하단 말씀을 수없이 반복해야 했으며, 주소를 적어주고 간 분들에게는 따로 기념품을 보내드렸다. 혹시 참석자가 적으면 어떡하나 걱정되어 연로하신 부모님을 오시도록 초대했는데, 사람이 너무 많아 부모님 얼굴도 뵙지 못하고 전화로 돌아가시라고 말씀 드렸다. 참석해 주신 분 중에는 연로하신 분들이 많아서 안전 사고의 위험이 있었는데 다행히 큰 사고 없이 행사를 마쳤다. 아쉽게도 혈관 건강에 좋은 지중해식 식사 체험은 안전문제로 진행하지 못했지만 말이다. 다시 한번 그날 참석해 주신 분들께 감사하고 죄송하단 말씀을 전하고 싶다.

행사에 참석 못 하고 되돌아가신 분 중에는 "아니, 문자를 꼭 안 오면 안 될 거 같이 보내서 왔더니만…"하며 서운해하셨다.

매니저와 둘이서 심혈을 기울여 몇 번이고 고쳐가며 작성했던 문구가 그분들의 마음을 움직여 이렇게 오시도록 했는지는 알 수가 없다. 그러나, 그날 행사를 함께 진행했던 교수들도 이렇게 참석자가 많이 온 것은 처음 봤다며 곳곳에서 적극적으로 환자분들을 응대해 주었고, 두고두고 그날의 행사 관련 이슈들이 병원 내에서 회자 되었다.

'원장님~ 저 한다면 하는 사람이에요!' 이 정도면 행사의 달인 맞지요?

아직도 가끔, 병원 지하 1층 강당 앞에서 끝도 보이지 않게 줄을 서 있던 모습의 행복한 악몽(?)을 꾼다.

09
코시국 병원

코로나 19가 처음 확인된 2019년 12월 이후부터 2년이 훨씬 지난 지금, 병원은 예전과는 다른 풍경이다.

먼저 병원으로 들어가거나 나오는 출입문이 여러 개에서 한두 개로 제한되었다. 들어가는 사람들의 출입확인을 해야 하기에 어딜 가나 줄을 서서 들어간다. 체온 측정도 하는데 37.5도 이상인 분들은 병원 밖에 마련된 선별진료소에서 진료를 본 후 감염 여부를 확인받고 들어갈 수가 있다. 입원이 예정된 환자분들과 병간호를 하려는 보호자는 입원 전에 코로나 검사를 받아 음성이 확인되어야 입원할 수 있다. 원내에서는 마스크 착용이 필수이고 근무자들도 상시 마스크를 착용해야 한다.

코로나 발생 초기에는 선별진료소 인력 보충이 바로 되지 않아 부서마다 한 명이나 두 명씩 도우미(헬퍼)를 하기도 하였는데, 그때 입어보았던 *레벨 D 방호복은 폐소공포증이 있는 나에게는 거의 숨을 쉴 수 없을 정도의 공포로 다가왔다. 코로나 전담부서에서 근무시간 내내 더 엄격한 방호복을 착용하고 일하는 간호사들이 얼마나 힘들지 생각해보며 정말로 대단하게 생각되었다.

내가 있던 사무실에서도 가끔은 팀원들과 차 한잔하며 얼굴 마주 보고 미팅을 하였는데, 코로나 이후론 이마저도 온라인 미팅으로 바뀌었고 얼굴 마주 보고 차 마시는 것은 금기사항이 되었다. 직원 식당도 어느 순간 모두 칸막이가 설치되어 칸막이 속에서 혼자 밥을 먹어야 했다. 가끔 예전의 습관대로 옆자리의 동료들과 이야기를 나누는 친구들이 보이면 어김없이 "식사 중에는 대화를 금지해 주십시오"라는 방송이 나왔다.

거의 매일 있던 원내 모든 회의도 줄어들었거나 꼭 필요한 것만 온라인으로 시행되었다. 처음엔 낯 설고 정 없게 느껴졌던 온라인 회의가 언제부턴가 오히려 더 편리하단 생각이 들었다. 대면 회의는 할 말들이 많아 시간이 길어지는 것이 다반사였는데, 온라인으로 하니 꼭 필요한 요점만 말하여 예정시간보다 일찍 끝나 시간도 절약되었다. 의료진들과는 보통 점심시간을 이용하여 회의하기 때문에 회의 때마다 식사 대신 준비하는 간식을 오늘은 무엇을 해야 하나, 하는 고민도 사라졌다.

원내에서는 마스크 착용이 의무이다 보니 코로나 발생 이후 우리 부서로 온 신규직원들은 얼굴을 잘 모른다. 매일 마스크를 쓴 모습만 봐왔기 때문에 마스크 벗은 얼굴을 보지 못했기 때문이다. 생각보다 마스크 벗은 얼굴이 쓴 상태의 얼굴과 많이 다르게 보인다. 예전 같으면 신입직원이 오면 식사나 회식을 하며 서로 얼굴도 익히고 친밀감을 쌓으려 노력했지만, 지금은 그런 것을 할 수가 없다. 팀 내 직원들과의 회식도 금지된 지 오래되었다. 한편으로는 근무시간 이외의 회식이나 모임이 없어져서 일찍 끝나니 좋기도 하지만, 다른 한편으로는 너무 삭막하게 느껴지고 친밀한 교류가 없다 보니 유대감이 적어지는 듯하다.

직원들의 정년 퇴임이나 명예퇴직 때에 시행하는 퇴임식마저도 전에는 강당에 간호사들이 모인 자리에서 성대하게 진행했었는데, 나의 퇴임식은 온라인으로 그것도 팀장님들만 참석한 상태로 진행되었다. 퇴임의 순간이 오면 '나와 함께 일했던 간호사들을 모두 불러서 함께 식사하며 지난날들을 추억하는 시간을 가져야지'라며 퇴직 모임을 꿈꾸어 왔었는데, 정작 그러질 못하고 퇴직하였다.

코로나로 인해 좋아진 것도 있고 그렇지 않은 것도 있다. 그래도 팀원들과 마주 앉아 밥 한 끼 먹거나 차 한잔하지 못한 것은 너무도 아쉽다.

"코로나 끝나면 만나자"라고 한 약속들이 벌써 2년 치가 밀려있다.

*레벨 D 방호복:방호복 중 가장 낮은 등급의 호흡기계, 피부보호 장치로 전신을 가릴 수 있는 가운과 고글, N95 마스크, 장갑, 신발로 구성되어 있음.

4

간호사 후배에게

01
역시 간호사

진료협력팀에 근무할 때는 병원이나 간호협회에서 이루어지는 보수교육이 하는 업무와 무관한 내용이다 보니, 환자를 직접 간호하지 않는 부서에 근무하면 할 수 있는 보수교육 유예신청을 하였었다. 그런데 다시 암 병원 운영책임자로 가게 되었을 때 그동안 유예해놨던 몇 년 치의 보수교육을 다 완료해야 했기에 나는 며칠 동안 온라인으로 낑낑거리며 들어야 했다.

진료협력팀에 근무하는 간호사들에게도 그들의 직무와 연관된 보수교육을 들을 수 있으면 좋겠다고 생각했다. 이 생각은 추후 '진료협력 간호사회'를 창립하고자 하는 마음의 불씨가 되기도 하였다.

행정부서에 있다가 다시 환자 간호하는 부서로 오니 간호사들이 새롭게 다르게 보였다.

'그래 역시 간호사는 임상에 있어야 빛이 난다.' 하며 암 환자들을 대하는 간호사들을 옆에서 지켜본다.

암 진단을 받고 항암치료를 시작하게 된 환자들을 교육하는 전문간호사, 항암을 비롯한 각종 약물을 준비하고 주사하는 항암 주사실 간호사, 외래에서 암 환자를 응대하는 암 병원 외래간호사들을 지켜보게 된다. 암 병원 외래와 항암 주사실 간호사, 전문간호사들은 모두 10년 차 이상의 경력자들로 자칫하면 타성에 빠져 늘 하던 일이니까 대수롭지 않게 감정 없이 할 수도 있는데, 모두 너무 진지하고 진심으로 환자를 대하며, 환자를 대하는 태도에서 그들을 위하는 마음이 느껴진다.

병의 진전에 같이 마음 아파하고, 회복을 같이 기뻐해 준다. 그래서 그동안 잊고 지냈던 '간호사' 그리고, '간호'에 대해 다시 한번 생각해보게 된다.

처음 간호사로 근무하기 원하는 부서를 써낼 때 조금이라도 덜 험하고, 덜 힘든 곳으로 가야 하지 않나 생각했던 내가 부끄럽게 생각된다.

가끔 학생들이나 신입 간호사에게 어느 부서를 지원하고 싶은지 물었을 때, 중환자실, 암 병동이라고 대답하는 친구들을 보면 대견하고 기특하다. '나는 이렇게 나이 들어서 겨우 깨우친 것을 어린 친구들은 저렇게 벌써 깨닫고 실천하고 있구나' 하면서 말이다. 근무하면서도 '왜 저 친구는 일을 저렇게 하지?'라고 생각되는 간호사도 솔직히 없진 않았지만, 대부분은 환자를 대하는 진심 어린 태도에서 가슴이 뭉클해지며 나이의 많고 적음을 떠나 존경스러워 보일 때가 많았다.

그 이후, 나는 심뇌혈관병원 운영팀장으로 한 번의 이동을 더 하고 퇴직하였다. 어느 곳이나 간호사들이 근무하는 부서에서 느꼈던 공통점이 있다. 모두 열심히, 성실히 일한다는 것이다. 사람이 다 같을 수는 없겠지만 간호사로서 요령 피우는 사람이라면 다른 직업을 선택하는 게 본인과 동료, 환자들을 위하여도 맞는 일이지 않을까 싶다.

우리는 모두 나이팅게일 선서를 했다. 간호사로서 일하며 조금이라도 나태해지는 마음이 들 때, 다시 한번 꺼내 보며 그 의미를 되새겨 보면 좋겠다.

'나는 일생을 의롭게 살며 전문 간호직에 최선을 다할 것을 하느님과 여러분 앞에 선서합니다.

나는 인간의 생명에 해로운 일은 어떤 상황에서도 하지 않겠습니다.

나는 간호의 수준을 높이기 위하여 전력을 다하겠으며, 간호하면서 알게 된 개인이나 가족의 사정은 비밀로 하겠습니다.

나는 성심으로 보건 의료인과 협조하겠으며, 나의 간호를 받는 사람들의 안녕을 위하여 헌신하겠습니다.'

코로나 발발 초기에 환자들을 돌보다 코로나에 확진된 간호사가 가족과 주변 사람들에게 혹시라도 코로나를 전파할까 우려하며, 민가와 멀리 떨어진 폐가에 들어가 격리를 자처하는 모습에서도 왜 이렇게 간호사들은 책임감과 소명의식이 투철한지, 본인보다 남을 더 생각하는지 안쓰러웠다.

며칠 전, 화재 사고로 유명을 달리한 인공신장실에서 근무하던 20년 차 간호사 또한, 본인은 충분히 피할 수 있는 시간이 있었음에도 거동이 불편한 투석 환자들을 한 명이라도 더 구해 보겠다고 애쓰다 환자들 곁에서 목숨을 잃었다.

그녀는 "간호를 받는 사람들의 안녕을 위하여 헌신하겠다"

라는 나이팅게일 선서의 내용을 목숨을 바쳐가며 실천하였다.
가슴이 먹먹해진다.

간호사라는 직업이 가슴에 무겁게 다가온다.
나라면 그렇게 했을까? 자신이 없다.

존경스러운 간호사분들이 주위에 너무 많다.

02
각종 평가

의료기관에 시행되는 평가는 매년, 늘 함께 있다고 생각해야 마음이 편하다. 실제로 병원은 매년 수많은 평가를 받는다.

어떤 병원에서는 간호사들이 평가를 피하여 사직했다가 평가가 끝나면 다시 취업한다는 기사를 읽은 적이 있다. 그만큼 평가는 간호사들에게 부담이 되고 힘든 과정이다. 간호사뿐 아니라 병원의 모든 직원, 특히 평가 업무를 담당하는 부서직원들은 "평가를 받으며 환자안전을 위한 여러 과정을 정립하기 때문에 환자들의 수명은 늘어나나, 해당 부서직원 수명은 줄어든다"라고 하여 평가를 받는다는 것이 얼마나 힘든 과정인가를 풍자하는 말이 있을 정도이다.

의료기관 인증평가는 4년마다, 상급종합병원 평가는 3년마다, *의료 질 평가는 매년, *국제 의료기관(JCI) 인증평가는 3년마다이며 그 외에도 각종 여러 기관에서 시행하는 의료기관 서비스품질 평가는 한 해에만도 여러 차례 이루어지며, 평가를 위한 사전 모의평가를 포함하면 늘 평가와 함께 있다고 봐야 한다. 피해 갈 수가 없다. 그렇다 보니 매년 아니 일 년에 두세 번씩 평가를 받게 된다. 요즘은 이런 평가의 결과가 지원금에 반영되기 때문에 결과도 매우 중요하다.

오랜 세월이 지나고 나서 보니 매년 이런 평가를 거치며 환자의 안전을 위한 장치가 만들어지고 보완되었다. 또 환자뿐 아니라 그들을 돌보는 의료진을 보호하는 여러 장치도 만들어지고 보완되었다. 평가가 가져다주는 장점이 점점 보이기 시작한 것이다.

평가를 받기 전에는 각종 평가의 기준마다 준비할 것이 어마어마하게 많아 그 과정이 힘들뿐더러, 평가를 받는 내내 혹시나 지적을 받는 일이 생길까, 가슴 졸이게 되는데 받고 나면 해냈다는 성취감과 고생한 직원과 끈끈한 유대감이 생기는 것을 느낄 수 있었다. 이렇듯 평가를 받는다고 하면 모두 긴장하고 초조해하는데 언제부터인지 모르겠지만 나는 평가자들이 와도 떨리는 것이 없어졌다.

"평가자들도 사람인데 그들 앞에서 떨지 말아요. 최대한 내가 알고 있는 것을 침착하게 말하면 됩니다"라고 말하며 팀원들에게 그렇게 하도록 당부하였다. 그런데도 평가자들 앞에서 긴장하며 떨고 있는 간호사들을 보면 안쓰러운 생각이 들었다.

그러나 간호사들은 "저걸 어떻게 다 외웠지?"라는 생각이 들 정도로 평가자들이 묻는 기준에 막힘없이 줄줄 대답한다. 저렇게 다 외우지 않아도 되는데… 평가 기준이나 내규를 찾아서 보며 말해도 되는데 말이다. 그렇게 되기까지 퀴즈, 구두시험 등을 보며 세심하게 준비했을 수간호사들의 노력이 보이는 듯하다. 또 수간호사의 지시에 잘 따라준 간호사와 직원들의 노고도 보이는 듯하다.

평가를 통해 개선되고 나아지는 것들도 있지만, 국제 의료기관 인증평가는 국내 의료기관 인증평가와 기준이 중복되어 꼭 필요한 것인가라는 아쉬움이 남는다. 물론 여러 가지 이유로 국제 의료기관인증을 받는 병원들이 아직은 있는 것 또한, 사실이다.

'피할 수 없으면 즐기라'고 했는데 즐기려면 어떻게 해야 하나 고민에 빠진다. 평가 때만 이렇게 하고 아닐 땐 평상시대로 하는 것이 아닌, 평상시에도 항상 평가 규정대로 시행하면 되는 것 아닐까. 물론 그 경지에 이르는 것이 어려운 일이긴 하지만 말이다.

코로나로 인한 팬데믹 상황을 겪으며 우리나라 의료기관들이 그 어느 나라보다 우수하게 잘 대처하고 있는 것을 보면서, 인력 면에서 열세인 이런 상황에서도 각종 평가를 통해 훈련되어 그런가 하는 생각도 해 본다.

그리고 이제 평가는 상급종합병원을 포함하여, 2차 병원, 요양병원을 포함하여 피해 갈 수 없는 것이 되었으므로, 혹시라도 아직 평가를 피해서 이 병원 저 병원 돌아다니는 간호사가 있다면 이제는 그런 수고로움은 그만두라고 말하고 싶다.

*의료 질 평가: 의료기관이 환자에게 제공하는 의료서비스의 수준을 측정하여 우수한 의료기관에 '의료 질 평가지원금'을 지급하고 국민이 양질의 의료혜택을 받을 수 있도록 의료기관별로 평가 및 등급화하는 제도.

*국제의료기관(JCI, Joint Commission International)인증: 미국 비영리의료기관 인증단체가 만든 국제 의료기관 인증시스템으로 환자안전을 중점적으로 평가함.

03
해외취업 간호사

MZ 세대는 M 세대인 밀레니얼 세대와 그중 특징이 더 두드러진 Z세대를 가리키는 말로 디지털 네이티브 세대라고도 하고, 20~30대를 말하는 신조어이다.

요즘의 MZ 세대들은 N포 세대로도 불리는데 이는 'N 가지를 포기한 세대'라는 의미라고 한다. 연애, 결혼, 출산, 내 집 마련, 인간관계, 꿈, 희망, 건강, 외모까지를 포기한 세대라고 하니 너무나 가슴이 아프다. 어쩌다 이렇게까지 된 걸까?

한국에서의 이런 어려운 상황 때문인지는 모르겠으나, 나는 심심치 않게 미국 간호사가 되고 싶다거나 해외로 나가길 희망하는 후배들을 자주 만난다. 동기나 선후배들이 미국이나 캐나다에서 간호사로 일하며 잘 정착하여 사는 것을 오래전부터 보아오긴 했어도, 막상 이렇게 해외로 나가고 싶어 하는 어린 친구들을 만나면 선뜻 그러라고 격려하질 못한다. 정착하기까지의 고생스러움과 노력이 얼마나 힘들지 걱정되어서이다.

디지털과 친밀한 요즘 세대들은 여러 가지 루트를 통해 해외간호사가 되는 방법들에 대해 자료를 얻는다. 유튜브를 보아도 이미 해외에 정착한 간호사들이, 자신의 경험을 바탕으로 노하우를 안내하는 영상을 쉽게 찾아볼 수 있다. 우리가 생각하는 숫자보다 훨씬 많은 수의 MZ 세대 간호사들이 해외로 진출하고 있음을 알 수가 있다.

미국이나 유럽 여행을 하며 느꼈던 점 중 하나가 한국 사람처럼 행동이 민첩하고 일도 야무지게 하는 사람은 없다는 것이었다. 한국에서의 '빨리빨리' 문화에 익숙해져서 그랬는지는 모르겠으나, 외국에서의 느린 반응들은 너무나 답답하게 느껴졌었다. 그런 측면에서 본다면 세계 어느 나라를 가더라도 일이 빠르고 손이 야무진 한국 간호사들은 환영받을 것이 분명하다.

그렇다 하더라도 자신의 가족이 있는 한국에서 함께 살면 안 되는 것인지, 나는 잡아두고 싶다. 가족이 모두 함께 이민

형태로 간다든지, 친척이나 지인이 그곳에 살고 있어서 의지하고 도움을 받을 수 있는 누군가가 있으면 모르겠지만, 아무 연고도 없이 홀로 떠나는 것은 생각만으로도 너무 쓸쓸하고 외로운 일이다. 한국에서도 간호사들은 타 직종과 비교해 비교적 일자리를 쉽게 얻을 수 있으니, 이곳 한국에서 살아보면 안 되겠냐고 권유하고 싶다.

물론 요즘의 세대들이 N 가지를 포기하며 어렵게 절망적으로 지내는 것을 알고 있으며 그래서 지푸라기라도 잡는 심정으로 혹은 다른 변화를 꿈꾸며 이런 선택을 해보는 거로 생각할 수도 있다.

내가 미국을 방문했을 때마다 느꼈던 자유롭게 표현하지 못하는 언어로 인해 생기는 위축된 마음과 그로 인한 불편함이 생각난다. 그리고 요즘도 심심치 않게 발생하는 미국 공공장소에서의 유색인종에 대한 무차별 '묻지 마 공격'과 인종차별 소식을 접하게 되는데, 그럴 때마다 혹시 한국 사람은 아니었는지 가슴 졸이게 된다. 영어를 원어민처럼 잘하려고 하면 얼마나 오랜 시간과 노력이 필요할지도 걱정스럽다.

주말 저녁에 '세계는 지금'이라는 TV 프로그램을 즐겨본다. 실시간으로 전 세계에서 일어나는 사건, 사고, 이슈를 현지 특파원을 연결하여 듣는 것으로, 가만히 앉아서 전 세계 소식을 들을 수 있어서 자주 보는 프로이다. 그걸 볼 때마다 우리나라가 참 좋은 나라이고 살 만한 나라라는 걸 새삼 느낀다. 물론 나도 우리나라의 모든 것이 마음에 드는 건 아니지만 이만하면 다른 나라에 비해 살만하지 않은가.

그런데도 꼭 해외로 나가 간호사로 일하고 싶고, 그곳에서 살아보고 싶다면 철저하게 준비한 후에 가라고 말하고 싶다. 영어도 자유자재로 구사할 수 있어야 하고, 가고자 하는 나라의 도시를 미리 여행하여 분위기를 느껴보는 것도 필요하겠다. 지원하려 하는 병원의 정보도 꼼꼼히 파악하고, 정착하기까지의 비용이나 집의 렌트 방법 등 확인항목에 대한 체크리스트를 만들어 관리해야겠다.

그리고 제일 중요한 '마음을 단단하게 관리하기'이다. 외로움을 많이 타거나 쉽게 좌절하는 성격의 사람은 특히 더 그렇다.

04
전문간호사

간호사가 되려면 4년제 대학에서 간호학과를 졸업하고 〈한국보건의료인국가시험원〉에서 시행하는 간호사 국가시험에 합격한 후 국가가 발급한 간호사 면허증을 취득해야 한다.

암 병원 운영팀장으로 근무할 때는 팀원 중 전문간호사 그룹도 있었는데, 전문간호사 16명의 책상이 두 줄로 길게 놓여 있어 마치 대기업의 직원 사무실 분위기가 났다. 전문간호사는 해당 분야에서 3년 이상 근무한 간호사로 보건복지부 장관이 지정하는 전문간호사 교육기관(대학원)에서 2년 이상 전문간호사 교육과정을 이수하여야 하며, 자격시험인 1차 필기시험과 2차 실기시험에 응시하여 합격하여야 한다. 국내에는 13개의 전문간호사 분야가 있으며 암 병원의 전문간호사들은 대부분 종양 전문 간호 과정을 졸업한 사람들이다. 모두 석사 이상의 고학력자들이다.

대부분 15년 차 이상으로 긴 시간 동안 암 관련 업무를 하였으며 암에 관련하여서는 모두 전문가들이다. 전문간호사들은 암 종별로 세부 분야가 나뉘는데 위암, 대장암, 간담췌암, 폐암, 유방암, 갑상선암, 두경부암, 뇌신경종양, 부인암, 비뇨기암, 골연부종양, 피부암 등으로 나뉜다. 혈액병원에도 혈액암 관련 업무를 하는 전문간호사들이 많이 있다.

전문간호사들은 아침 출근하자마자부터 입원환자들의 의무기록을 점검하며 밤사이 환자들의 상태를 확인하고, 교수들과 콘퍼런스 및 회진을 함께 한다. 입원이나 외래 환자 중 항암치료를 시작하는 분들에게는 절차에 따라 항암치료를 잘 받을 수 있도록 항암 교육을 하고, 항암 프로토콜을 확인하여 항암제가 환자에게 적절히 투여되고 있는지 관찰한다. 암 관련 다학제 통합진료가 원활하게 진행될 수 있도록 여러 임상과 의료진에게 환자 정보를 미리 보내고 일정을 조정한다.

국내 임상 간호 대학원이나 여러 기관의 암 관련 보수교육의 강사로도 활동한다. 처음 암 병원 팀장으로 발령받아 갔을 때 전문간호사들이 하는 암 관련 교육을 참관했었는데, 그 내용이며 지식의 깊이와 강의 수준이 너무도 훌륭하여 놀랐었고, 전문간호사들이 더욱 존경스러워 보이고 대단해 보였다.

그렇게 모든 일을 열심히 한 그들에게 내 눈에만 보이는 단점이랄까, 좀 바뀌었으면 하는 점이 하나 보였다. 아침 출근부터 퇴근할 때까지 다들 너무도 진지하고 엄숙하달까 웃음기가 전혀 없는 그런 모습이었다. 암 환자들을 대하다 보니 모든 일이 진지하고 심각해서 그런지 모두 근엄한 얼굴로 일만 한다. 좀 웃어보라고 잘하지 못하는 우스운 소리를 해봐도 별로 반응이 없다. '왜 저렇게 사람들이 재미가 없냐'며 나의 서툰 유머를 탓하기보단 그들을 걱정한다.

'사람들이 너~무 진지하고 심각한 거 아냐? 좀 웃고 다님 좋을텐데 말이야' 그런 생각을 매일 했었다.

그러나 곧 진행했던 전문간호사들과의 회식에서 그들은 웃음이 없는 친구들이 아니었음을 바로 확인한다. 어찌나 술도 잘 마시고 잘 놀고 시끄럽던지 다시 한번 놀란다. 그들은 병원 안에서만큼은 전문가의 모습, 그 자체였던 것 같다.

전문간호사들은 임상 간호 연구 활동에도 적극적이다. 너무 멋있지 않은가? 한 분야에서 2~30년간 일하며 그 분야의 전문가가 되고, 자기 이름이 들어간 임상 연구도 척척 내놓는 그들이, 주위에 전문간호사들이 점점 더 많아져서 간호와 연구의 수준이 더 높아지면 좋겠다.

상급종합병원에는 이런 전문간호사로 활동하는 이들이 많이 있으니 관심이 있는 간호사 후배들은 이 과정을 밟아 전문간호사가 되어 보는 건 어떨까 제안해본다. 대한간호협회 홈페이지(http://www.koreanurse.or.kr)를 보면 전문간호사 되는 길에 대한 안내가 자세히 되어있으니 참고하는 것도 좋겠다.

암 병원으로 출근을 하던 그때는, 사무실로 들어서면 두 줄로 쭉 놓여있는 책상에 최소 석사 이상의 고학력자 전문간호사들이 있어서 너무도 든든했다. 나의 어깨에도 항상 뽕이 들어가 있었는데 눈치를 챈 사람은 없는 것 같다.

05
딜레마 상황

가끔은 윤리적 딜레마 상황에 부딪혀 고민해야 할 때가 있다. 그럴 때는 나이팅게일 선서나 한국 간호사 윤리강령이나 윤리지침, 환자권리 장전 등을 가만히 읽어본다. 그 안에 답이 있지는 않지만 올바른 답으로 갈 수 있도록 마음을 정리하는 데 도움을 준다.

지난 학기 학생들과 함께 공부했던 간호윤리 과목에서 이런 내용을 다루며 생각해 볼 수 있는 시간을 가졌었다. 간호윤리학을 공부하며 우리가 임상에서 마주할 수 있는 다양한 윤리 문제와 윤리적 딜레마 상황에서 윤리적 가치관에 따라 임무를 수행할 수 있도록 도움을 주는 방법을 배웠다.

의학적 판단을 함에 있어 의사는 간호사보다 전문가이고 일차적으로 존중되어야 하지만, 의사의 지시나 처방이 환자에게 꼭 필요한 것이 아닌 경제적인 부담만 줄 수 있는 지시나 처방일 경우, 그것을 따라야 하는 간호사는 딜레마 상황에 부딪히게 된다.

치료과정에서 지켜야 하는 원칙이나 준수해야 하는 규정들을 필요에 따라 생략하라고 하며 의사의 지시만을 따르라는 경우가 있다. 앞으로도 그 의사와 얼굴을 마주하며 계속 일을 해야 하는 간호사로서 그런 상황에서 의사의 지시를 불이행한다는 것이 쉽지 않은 용기가 필요한 일이다.

대부분의 외래와 검사실의 간호사들은 10년 차 이상의 간호사들이다. 관련 분야 업무를 10년 이상 했으므로 왜 그런 검사를 하는지, 왜 그런 처방이 필요한지를 알고 있고 그런 내용을 환자에게 설명할 수 있다. 그러나 이렇게 원칙이나 규정을 무시한 처방이나 중복되거나 생략된 처방에 관해서는 설명할 수가 없다. 뻔히 잘못된 걸 알면서 지시를 그대로 따르려면 간호사 누구라도 딜레마 상황에 빠지게 될 것이다.

그럴 때, 반드시 처방한 의사에게 다시 한번 그의 처방이나 지시사항이 맞는지를 꼭 확인하라고 한다. 그리고 환자에게 그렇게 해야 하는 이유에 대해서 의사가 직접 설명하게 한다. 그리고 사실에 근거하여 정확하게 기록해 두라고 한다. 계속 그런 질문과 요청을 받다 보면 의사도 왜 그러는지 다시 한번 생각해보지 않을까 바라면서 말이다. 그리고 규정을 위반하는 지시를 따르라고 할 경우엔 반드시 관리자에게 보고한 후 전담부서에 신고하도록 하였다.

간호사는 의사의 지시나 처방을 따른다. 그것이 환자의 건강을 증진하기 위한 최선의 노력이기 때문이다. 그러나 이러한 예외적인 상황이 발생할 때, 간호사는 의사의 지시를 따라야 한다는 규칙에 앞서 환자의 건강과 복지를 보호하라는 원칙에 충실할 의무를 지닌다. 간호사로서 환자를 대변하는 실존적 옹호자의 역할이 필요하기 때문이다.

오랜 기간, 간호사로 일하다 보니 병원 안에서 수백 명의 의사를 만났다. 그중에는 이런 상황이 발생하지 않도록 왜 이런 검사나 처방이 필요한지를 그때그때 간호사와 소통하며 일하는 의사들이 훨씬 더 많았다. 치료의 지침들을 함께 준수하기 위해 점검하고 지침에서 빠지는 항목이 없도록 협조해주는 의사도 훨씬 많았다.

직원들 사이에서 명의(名醫)라 칭송받고, 직원들이 안심하고 환자를 의뢰할 수 있는 의사들을 보면 의학적 지식이 뛰어난 것과 더불어 의사소통을 잘하는 사람이었다. 아무리 뛰어난 의학적 지식이 있는 의사라도 소통하지 않고 자기만의 고집을 주장하는 사람들은 직원들이 먼저 파악하고 점점 피하게 되는 것이다.

물론 의사의 처방이 가장 중요하지만 의사 혼자서 환자의 병을 치료할 수는 없다. 간호사, 약사, 검사실 직원들, 그 외 병원에서 근무하는 모든 직원의 협조로 환자의 병을 치료한다는 생각을 모든 의사가 가진다면 이런 딜레마 상황은 많이 줄어들 것이다.

요즘은 윤리적 딜레마 상황을 신고하거나 상담할 수 있는 부서가 원내에 설치된 병원이 많음으로 그런 상황에 부딪혔을 때 주저하지 말고 도움을 받기를 권한다. 잘못된 상황을 묵인하고 그냥 넘어가는 것은, 환자를 대변하는 실존적 옹호자로서의 간호사의 역할을 제대로 하지 않는 것이기 때문이다.

불편하지만 그런 상황에 직면했을 때 왜 그렇게 해야 하냐고 물을 수 있어야 한다.

수많은 딜레마 상황에 부딪힐 때 스스로 이 질문을 해보자.

'이 상황에서 옳은 결정은 무엇인가?

간호사로서 어떻게 하는 것이 책임 있는 행동인가?

이 상황에서 간호대상자에게 좋은 간호는 무엇인가?'

5

은퇴 후 시간

01
나도 캠핑한다

요즘은 캠핑 인구가 어마어마하게 많다고 한다. 조금 유명한 캠핑장은 주말에 예약하려고 하면 모두 예약 완료 상태이다. 코로나로 갈만한 곳이 줄다 보니 가족 단위로 캠핑장을 많이 이용하여 이런 현상이 나타나는 것 같다.

캠핑에 대한 막연한 동경을 품고 있던 나는, 막상 시작은 하지 못하고(캠핑용품의 준비가 필요한데 그게 생각보다 준비할 게 많다) 관심만 가지고 있다가, 부부가 캠핑을 즐기는 가까운 후배의 초대로 첫 캠핑을 하게 되었다.

첫 캠핑지는 서울에서 그리 멀지 않은 가평의 캠핑장이었다. 생각보다 규모가 크고 넓었으며 사람들이 많았는데도 조용하게 느껴졌다. 도착하였더니 후배 부부가 먼저 텐트와 타프(그늘막)를 쳐 놓아서, 우리는 바로 여유롭게 그늘에 앉아 시원한 맥주를 마시며 이런저런 이야기로 수다 꽃을 피웠다. 능숙한 솜씨로 후배 남편이 화롯대에 장작을 피우고 장작이 숯이 되어가니 또 능숙한 솜씨로 고기를 굽기 시작한다.

숯 향이 배어 잘 익은 고기와 김치, 약간의 채소와 와인을 맛있게 먹는다. 이야기는 더 무르익고 밤은 점점 더 깊어가고 장작은 다시 활활 타오르다 숯이 된다. 숯이 된 장작 속으로 감자를 쿠킹포일에 싸서 던져넣어 굽기 시작한다. 감자가 익으며 구수한 냄새를 풍기니 하나둘 꺼내어 호호 불어가며 맛있게 먹는다.

텐트가 생각보다 작아서 나는 생애 처음 차박을 해보기로 한다. 미리 준비해간 모기 망이며 차 좌석 평탄화를 위해 구매한 몇 가지 용품을 꺼내 차 의자를 평평하게 했다. 누워보니 생각보다 넓고 쾌적하다. 더울까 걱정하여 미니 선풍기도 준비하였는데 선풍기를 쓸 정도로 덥지도 않았다.

자정이 조금 지나니 갑자기 예보에도 없던 비가 내리기 시작한다. 차에 부딪히는 빗방울 소리가 듣기 좋다. 가까이에서 듣는 빗소리를 자장가 삼아 깨지도 않고 아침까지 푹 잘 잤다. 오히려 아침이 되니 서늘하여 준비해간 담요를 덮으니 아늑하다. 아침으로는 따끈한 커피와 빵, 과일을 먹고는 헤어졌다.

그날 이후로 우리 집엔 캠핑용품이 하루 4~5개씩 몇 주간

배달되었다. 모든 여행은 준비할 때 더 들뜨고 신난다는 것을 다시 한번 느껴가면서 지냈던 몇 주였다.

그 이후로 나는 전망이 너무나도 환상적인 영월 동강의 캠핑장, 계곡이 있었던 재천의 캠핑장, 어마어마한 규모의 자라섬 캠핑장, 개별 화장실이 있던 충주호 캠핑장, 5성급 시설이라는 운악산 캠핑장, 동해와 인접한 망상의 캠핑장, 산책로가 멋졌던 평화누리 캠핑장, 노을이 아름다운 강화도의 캠핑장, 영덕, 고성, 십리포의 바닷가 바로 옆 캠핑장 등 여러 곳에 다녀왔다.

이제는 텐트 설치와 셋팅을 30분 이내로 마칠 수 있을 정도로 숙달되었다. 어느 곳을 가나 첫 캠핑때와 마찬가지의 코스대로 지내다가 온다. 편안한 캠핑 의자에 앉아 하늘과 나무와 바다를 바라보는 것도 좋고, 아들이 사준 목장갑을 끼고 화롯대에 장작을 피울 때도, 피우고 나서 불멍을 할 때도 좋다.

친구들은 "네가 살림을 안 해봐서 이렇게 밖에 나와 고기 굽고 이런 거 하는 거 좋아하나 보다"며 신나서 움직이고 있는 나를 신기하게 바라본다. 내가 생각해도 신기하다.

나는 원래 이렇게 불편한 거 별로 좋아하질 않았는데. 화장실이며 잠자리며 모든 것이 불편할 텐데도 말이다. 좋은 점이 더 많으니 그런 불편한 것들이 별로 중요하지 않게 생각되는 것인지 모르겠다. 나이가 들어가며 자꾸 내가 변해가는 것 같아 나도 놀랍다.

신나게 하던 캠핑을 한겨울과 한여름에는 잠시 접어야 한다. 나의 텐트로는 겨울 캠핑을 하기에 적합하지가 않고, 더 큰 텐트며 난방기구를 준비해야 하는데 그건 나 혼자 설치하기도 어려울뿐더러 한여름에는 너무 더워서 그렇다. 겨울에는 전실이 있는 큰 텐트 안에서 지내야 하고, 여름에는 이동식 에어컨을 틀어 시원하게 할 수 있다는데 그것은 좀 참으려 하고 있다. 지금도 캠핑 한 번 가려면 차의 뒤 트렁크와 뒷좌석에 캠핑용품이 가득한데, 그런 걸 또 추가하면 짐 옮기다가 힘이 다 빠질 듯싶다.

남편이 캠핑은 정말 싫어 안 간다는 덕분(?)에, 나는 그동안 보고 싶었던 친구, 후배, 동기를 한 명씩 불러서 캠핑을 함께 한다. 한여름과 한겨울에는 다음 계절에 가볼 멋진 캠핑장을 찾아보아야 한다. 그리고 나의 캠핑의 계절이 오면 다시 열심히 누군가를 불러 함께 다녀야겠다.

생각만 해도 신이 난다.

02 혼공 즐기기

대학 동아리 활동으로 연극반을 했었다. 배우로는 워크샵에 한번 출연했던 것이 다이고 대부분은 무대 뒤 사람으로 분장, 음향 등을 담당했지만 유일하게 내가 한 동아리였다.

동아리 대선배님 중 존경하는 김선배 님은 재학생과 졸업생이 한 달에 한 번 연극을 보고 나서 저녁을 먹으며 그날 본 연극 이야기를 나누는 '정연학보'라는 모임을 수년간 도맡아 주관하셨다. 연극 예약부터 참가자 파악, 연극에 대한 소개, 대본 공유, 식당 섭외 및 예약까지를 팔순이 넘는 나이에도 열정적으로 진행하셨다. 그때는 밴드에 올려주시는 연극을, 주말에 특별한 스케줄이 없을 때면 신청하여 갔었다. 선배님께서는 바쁘신 업무 중에도 미리 일정 수량의 티켓을 구입하셨고, 졸업생이 재학생의 티켓과 식사비를 함께 부담하는 방식으로 진행되었다. 졸업생은 본인이 어렵게 티켓을 예약하지 않아도 되고 재학생은 시간만 내면 연극을 볼 수 있으니 좋았고, 연극 관람 후의 식사 모임으로 서먹서먹한 선후배 관계가 돈독해지는 효과가 있었다.

코로나가 발발하기 얼마 전까지 모임은 계속되었는데, 선배님께서 힘에 부치셨는지 "이제 후배가 맡아주면 좋겠다." 하시고 난 후 때마침 발발한 코로나로 모임은 중단되었다.

그래도 그때는 일 년에 서너 번은 연극을 보았었는데, 감염병이 발생하고부터는 갈 엄두를 내지 못했다. 그런데 최근 방역 수칙을 준수하며 공연 관람이 재개되었다.

일요일 저녁 공연을 본다는 것은 다음 주 근무에 부담을 주어 출근해야 하는 나로서는 생각할 수도 없는 일이었는데, 이젠 자유롭게 일요일 저녁 공연도 예매한다. 그러니 나 혼자 갈 수밖에 없는 상황이 생긴다. 혼자 대학로를 그것도 일요일 저녁에 가본 적은 없는 것 같은데 그래도 용기를 내서 예약한다. 우려와는 달리 혼자 가는 연극관람도 특별했다. 너무 자유롭고 행복했다. 편안한 상태에서 자유롭게 웃고 싶을 때 웃고, 울고 싶을 때 울고, 박수 치고 싶을 때 친다.

그 후로 나는 혼자 보는 공연을 즐기게 되었다. 좋아하는 포레스텔라의 공연도 혼자 예약해서 갔다. 황정민 배우의 리차드 3세, 오영수 배우가 열연한 감동의 라스트 세션, 몇 명의 출연자들이 1인 2역, 3역을 소화해 내며 열연하던 베로나의 두 신사, 이순재 배우의 열연을 보기 위해 천안까지 내려가서 보았던 장수상회, 이봉련 배우가 주연이어서 바로 예약하여 보러 갔던 가슴 뭉클했던 포미니츠, 그 외에도 장르를 가리지 않고 음악회, 전시회 등 시간이 허락되면 가고 있다.

최근 국내에서 공연을 본 관객의 절반 이상이 '혼공족(혼자 공연을 보는 사람)'이라고 하니, 내가 그리 이상한 것은 아닌가 보다. 혼공의 자유로움과 즐거움을 이미 여러 사람이 경험하고 있었는데, 뒤늦게라도 알게 된 나는 다행이라 생각하고 오래도록 지속하고 싶다.

03
친구, 선후배 만나기

'만나는 사람은 줄어들고, 그리운 사람은 늘어간다.
끊어진 연(緣)에 미련은 없더라도,
그리운 마음은 막지 못해
잘 지내니 문득 떠오른 너에게 안부를 묻는다.
잘 지내겠지, 대답을 들을 수 없으니 쓸쓸히
음 음 그러려니~'

내가 좋아하는 선우정아의 '그러려니'라는 노래의 가사이다.

퇴직 후 얼마 지나지 않았을 때 문득 이 음악을 듣게 되었는데, 그때 물론 혼자 있었고 날은 저물어 어둑어둑해질 때였는데, 그래서 그랬는지 듣는 순간 눈물이 주르륵 흘렀다. 어쩜 이렇게 내 심정과 딱 맞는 가사인지. 매일 보던 친구, 동료, 선후배들을 못 보게 되니 이런 감정을 느끼는 건 당연하겠지.

30년 넘게 매일 보며 지냈는데, 퇴직했다고 이젠 볼 수 없다는 게 서글프기도 하다.

'나이가 들수록, 특히 퇴직 후에는 의무감으로 만나는 인연(만남)보다는 내가 좋아하는 사람들을 만나며 지내라'라고 했던 내용을 어떤 책에서 읽은 적이 있다. 책의 구절을 인용하지 않더라도 나 역시 그렇게 지내는 게 맞다고 생각한다. 좋아하는 사람들과 지낼 시간도 짧은데, 의무감으로 좋아하지도 않는 사람들과 엮이는 시간은 너무나도 아까운 생각이 든다.

매일 볼 수는 없더라도 정기적으로 그런 친구, 동료, 선후배를 만나기로 다짐해본다. 코로나가 여러 가지 상황을 도와주진 않고 있지만, 그래도 지침이 허락하는 범위 안에서 한두 명씩 만난다. 이사를 핑계로 집들이한다고 만나고, 단풍이 너무 예쁘니 같이 산에 가자고 만나고, 캠핑 같이 갈 짝이 없으니 같이 가자고 만나고, 여행 가자고, 골프 치러가자고 하며 만난다. 다양한 이유를 들어 친구, 동료, 선후배를 만난다. 아직 퇴직 초반이어서 그런가 약속이 제법 있다. 곧 노래 가사처럼 만나는 사람이 줄어들겠지만.

약속을 정해 놓고 나면, 그날이 오기를 기다리는 재미도 있다.

그리고 만나려고 하는 사람에 대해 여러 가지를 생각해본다. '그 친구가 이거 좋아했었지, 이 후배에겐 이 책을 선물하면 좋을 거 같은데, 이 모임에는 이 와인을 가지고 가면 분위기가 좋을 거 같다'라고 혼자 생각하며 들떠있다.

전에는 모임에 나가기 바빠서 생각하지 못했던 것들을 생각하게 된다.

혼자 고요하게 있는 것도 좋아하지만, 친구들 사이에서 웃고 떠드는 나도 좋다. 너무 과하지 않게 적절히 하는 것이 어렵지만, 그렇게 실천하려고 노력한다. 친구, 선후배 이야길 하자니 갑자기 여러 명의 얼굴이 떠오른다. 보고 싶다.

'잘 지내겠지~
대답을 들을 수 없으니
쓸쓸히 음 음 그러려니~'

04
학생들과 함께

나는 퇴직과 동시에 간호대학에서 학생들을 가르치는 일을 하고 있다. 34년 3개월을 쉬지 않고 일하다가 갑자기 주어지는 자유시간이 조금은 두려웠던 것이 사실이다. 운이 좋게도 훌륭한 학교와 학생들과 인연이 되어 재미있게 수업을 진행한다. 이론 수업 시간에 임상에서 실제 경험했던 사건들을 추가하여 들려주면 학생들의 눈빛이 초롱초롱 생기를 띤다.

내가 간호대학에 다닐 때도 "이게 무슨 대학생이냐! 고등학교보다 더하다"라며 월요일에서 금요일 저녁까지 수업으로 가득한 시간표에 불만을 토로하곤 했었다. 아니나 다를까, 요즘의 학생들도 일 주 내내 수업과 실습으로 힘든 일정이다. 그럼에도 결석이나 지각하는 학생이 거의 없다. 수업 시작 전엔 어디에 있었는지, 강의 시간이 다가오면 순식간에 모두 자리를 채운다. '간호사 생활하려면 성실, 근면을 생활화해야지'라고 생각하면서도 한편으론 안쓰러운 마음도 든다.

'지금의 좋은 시절은 다시 돌아오지 않는데…' 말이다.

이렇게 열심히 공부하고 준비했으니 취업한 병원에서 오래도록 근무하며 각종 혜택(?)을 누리면 좋겠는데, 현실은 그렇지 않다. 내가 할 수 있는, 취업 이후에 관한 정보를 최대한 알려주려고 노력한다. 그리고 '오래 병원에 남는 사람이 강한 사람'이라고 이야기한다. 모두가 강한 사람이 되어 퇴사하지 않고 오래도록 근무하기를 진심으로 바란다.

취업을 준비하고 있는 학생들에게 언제든 도움이 필요하면 연락하라고 메일주소를 알려주었다. 마침 한 학생이 자신이 작성한 자기소개서를 보내어 혹시라도 수정이 필요한 부분은 없는지 물었다. 병원 간호팀장으로 근무할 때 수백 명의 자기소개서를 보며 요즘 세대가 어떻게 자기소개서를 쓰는지 많이 보았기에 몇 군데 간단하게 수정해 주었다. 학생은 마침내 원하는 병원에 취업했다며 기쁜 소식을 전해왔다. 자기소개서를 봐주지 않았어도 충분히 본인 실력으로 취업했을 학생이었다. 그녀 덕분에 애틋한 애제자가 생겼다. 앞으로 그녀가 병원 생활을 잘하고 있는지 계속 궁금할 것이고, 그녀의 마음이 단단하고 강해지길 기도할 것이다. 그렇게 한 명, 두 명씩 졸업 후까지 이어지는 제자들이 생겨난다.

여러 학생을 만나다 보니 드물게는 마음의 병을 가지고 있는 친구들도 있다. 간호사로 다른 사람을 간호하는 본인이 아프면 많이 힘들 텐데 말이다. 그들이 건강해지기를 또 기도한다.

나는 계약직의 강사이다. 일주일에 이틀, 수업을 위해 학교에 간다. 물론 수업 전에 집에서 수업을 위한 준비도 해야 한다. 수업 준비를 위해 간호 관련 서적을 읽게 되는데, 신기하게도 지루한 생각이 안 들고 재미가 있다. 전에는 느껴보지 못했던 감정이다. 수업을 준비하고, 학생들을 만나는 이 시간이 나에겐 너무도 소중하다.

최선을 다해서 할 수 있을 때까지 학생을 만나야지. 물론 재계약이 되면 말이다.

에필로그

간호사로 지내온 지난날들을 이야기하다 보니, 특별할 것도 없는데 하며 부끄러운 생각도 든다. 그러나 그 누구보다 간호사라는 직업에 대해서는 자랑스럽고 최고의 직업이라고 자신 있게 말할 수 있다.

나는 나의 인생에서 지금 어디쯤 와 있는지 생각해본다.

간호사로서 살아왔던 35년이 나에게는 너무도 큰 부분이었고 전부였다. 지금은 병원을 퇴직하여 학생들을 가르치고 있지만, 이후 나의 삶이 또 어떻게 변화할지 나도 잘 모르겠다. 아마도 그동안 내가 해 왔던 것처럼 또 열심히 무언가를 하지 않을까 싶다.

지금의 내가 될 수 있도록 항상 응원하고 지지해 주신 부모님께 감사의 인사를 전한다. 든든한 울타리가 되어주고 지원군이 되어준 가족에게도 감사의 마음을 전한다.

책을 내는 것을 누구보다 기뻐해 주고 지지해 준 친구의 얼굴이 떠오른다. 함께 옛이야기를 나누고 싶다.

김혜정